コーヒーにドーナツ盤、黒いニットのタイ。

1960-1973

片岡義男

光文社

コーヒーに
ドーナツ盤、
黒いニットのタイ。

目次

1963

1969

1960

ディーン・マーティンもリッキー・ネルスンも、いまのうちだから

夏休みの大学に学生はまったくいなかった。構内は広々としていた。季節は夏だ。七月が始まったばかりだった。僕はノートブックと教科書を持ち、ひとりで大学のなかを歩いていた。学生のいない大学のなかは、どこを歩いても気分が良かった。二年生の夏になって初めて、自分はこうして大学を体験しているのではないか、と僕はふと思った。半袖シャツの胸ポケットには鉛筆が一本あった。

一年生のときの第二外国語の単位が僕は未習得だった。そのような学生たちのために、夏休みの期間を利用して、夏期講習というものがおこなわれていた。今日はその五日目だった。七月いっぱいで二十回ほど、講習は続く予定だ。講習が終わると試験があり、それに合格点を取れば、一年生の第二外国語の単位を習得したのとおなじ扱いになる、ということだった。

この大学で構内とその外の区別ははっきりしなかったが、路地に入ると間違いなくそこは大学のなかではなく、どこか場末の飲食店街の一角だった。路地は途中で何度も曲がった。食事の店と麻雀荘が、路地の両側に連続していた。牌をかき混ぜる音の聞こえて来る麻雀荘

があった。一卓だけに四人の客がいるときの音だった。その音は、真夏の路地の陽ざしのなかで、風雅であるとすら言えた。

　路地のいきどまりに喫茶店があった。めったに来ない店なのだが、今日はここときめた。だから僕は来てみた。店は営業していた。小さな店だ。ドアを入った僕は、奥に向けて細長く深いスペースの店だ、ということを思い出した。客はひとりだけいた。煙草を喫いながら新聞を読んでいる中年の男性で、近くに住む常連の雰囲気だった。この人が店主でも、雰囲気はぴったりではないか、などと思いながら、僕はいちばん奥の席へ歩いた。中年を過ぎつつある年齢の店主が注文を取りに来た。僕はコーヒーを注文した。

　コーヒーはすぐにテーブルに届いた。ドアの脇に窓があり、路地を満たしている夏の光に、苦いコーヒーが対称を作った。教科書とノートブックが、コーヒーとともにテーブルの上にあった。ノートブックは白い無地だ。右のページにだけ、大きな字で要点を書いていく。講義の復習だ。教室で講義を聞いているときには、教科書の余白に書き込んでいく。単語には下線を引く。覚えなくてはいけない単語や言い回しは、ページを独立させてそこに書く。この作業を講義のあと出来るだけ早くに済ませておく、という方針を少なくとも四日間、僕は守った。復習とは記憶することだ、と高校で先生が言ったような気がする。その復習のために、僕はいまこの喫茶店にいた。

　復習を始めようとしたとき、店に客が入って来た。おなじ大学の学生だということは、ひと目でわかった。店を見渡した視線のなかに僕をとらえた彼も、おなじことを思ったはずだ。彼は僕の隣の席にすわった。通路をはさんで僕と斜めに向き合う位置だった。彼もコーヒーを注文した。帆布製の使い込んだ鞄をテーブルに置き、彼は僕に顔を向けた。その顔は笑顔だった。

「いま話しかけても邪魔にはならないか」

と彼は言った。

「なんの邪魔にもならない」

と僕は答えた。そして、

「なりようがない」

とつけ加えた。

「ときどき見かけるよ。一法だろう?」

という彼の単純な問いに僕はうなずいた。

「夏期講習か」

「フランス語」

「俺はドイツ語だ」

と言った彼は、次のように続けた。

「去年の夏の初めに、新宿の映画館で、きみの隣の隣の席だった。きみは友人といっしょだったね。その友人もよく見かける。特に雀荘で」

と笑いながら言ったところへ、彼のコーヒーが届いた。

「きみが通路側の席にいて、その左隣に友人がいて、さらにその左に俺がいた。話しかけようかとも思ったけれど」

「その友人に誘われた映画だ。『リオ・ブラヴォー』だった」

彼はうなずいた。

「面白い映画だった。西部劇ではあるけれど、現代ふうの良く出来たコメディかな」

「歌う場面が素晴らしかった」

と僕は言った。

「そうなんだ、あそこは俺もよく覚えてる。いまでも目に浮かぶ」

目に浮かぶことを、彼は語った。僕は聞いていた。

「ジョン・ウェインが演じるシェリフのオフィスだよ。夜だね。窓のある壁に寄せてソファがあり、クッションを重ねて上体を預けたディーン・マーティンが仰向けに横たわり、ソファの上で脚を組んでいる。帽子を顔に軽くかぶせ、右手の指先には火のついた煙草をはさんでいる。窓にはシャッターが閉じてある。木製で頑丈に作った蓋のようなシャッターだ。片側に蝶番があり、開くと全開になり、閉じたら閂を使うのかな。ソファの前には丸いテーブルがあり、ギターを抱えたリッキー・ネルスンがすわり、椅子の座面にブーツの足を置いている。いいポーズなんだよ。おなじオフィスにジョン・ウェインもいるのだけど、彼は歌には加わらないから、オフ・スクリーンとなっている。リッキーと向かい合う位置にウォルター・ブレナンがいる。背もたれを前に向けて椅子にまたがっている。このシェリフのオフィスに場面が変わると同時に、じつにさりげなく、ディーン・マーティンが歌い始める。彼はさっきも言ったとおりの姿勢なんだ。陽は西に沈みつつ、牛たちは川の流れへと降りていく、赤つぐみは巣に戻って寝支度、そしてカウボーイはまどろみ夢を見る、という歌詞で始まる、『ライフルと愛馬と自分』という歌だ。この歌は、牛の大群を追って運んでいるカウボーイの夢なんだね」

「きみの言うとおりだ」

「伴奏なしでディーン・マーティンが歌詞の一番を歌ったあと、ディーンが続いて二番を歌うけど、ここではギターとハーモニカの伴奏がつく。ギターはリッキー・ネルスンだよ。ディーン・マーティンの歌い始めとまったくおなじに、このギターの入りかたも、さりげない。意図的におなじ調子に揃えてあるんだね。新宿の映画館の座席で、俺はひとり、こういうことに驚くんだよ。わかるかい。映画の場面ではウォルター・ブレナンがハーモニカを持って、音譜にしてほんのふたつか三つを吹くけれど、ウォルターがオフになっている場面で歌の背後にあるハーモニカは、練達のスタジオ・ミュージシャンによるものだ。歌詞の三番を歌うのはリッキーだね。二番の歌詞を歌い終えたディーンは、左手で帽子を顔から軽く浮かせ、リッキーに顔を向けて合図する。これを受けて、リッキーは歌い始める。ここからの、ディーンとリッキーの役割の振り分けかたは、見事と言うほかない。これこそ演出力だよ。柳の樹の夜鷹はいいメロディで鳴く、という歌詞を歌うとき、ディーン・マーティンが三箇所に口笛でバックをつける。次の、アマリロに向けて牛を追う、という部分はディーンが歌い、リッキーが少し遅れておなじ歌詞でバックアップをつけるけど、それは二箇所あり、最初のところではおなじメロディ、そして次のところでは、歌詞はおなじだけど絶妙にハーモニーになっている。特にアマリロのような固有名詞でこれをやられると、その効果は観客の情感に深く突き刺さるからね。ライフルと愛馬と自分と、という部分をディーンが歌ったあと、牛にロープをかけるのも、群れからはぐれた牛を連れ戻すのも、これでおしまい、というところまでリッキーが歌い、少し遅れてディーンがバックをつける。この河を大きく曲がった先に彼女は待っている、の部分をディーンが歌ってリッキーがバックをつけ、ライフルと愛馬と自分を、と二度繰り返される歌詞で、ディーンとリッキーの二重唱になる。ライフルと愛馬と自分は、ここまでずっと、マイ・ライフルそしてポウニー、それからミーなんだけど、いちばん最後では、ポウニーにもマイがついて、マイ・ライフル、マイ・ポウニー、アンド・ミー、となっている」

「発見だね」

「短い時間のなかにいろんな発見が次々に連続して、目がまわるよ。この歌の場面では、ディーン・マーティンが明らかに主役としての重しを担っている。すぐにもう一曲あるんだよ。俺にも歌えるのをやってくれよ、とウォルターに促されて、リッキーは『シンディ』という歌を歌う。『ライフルと愛馬と自分』をふたりが歌う場面では、ディーンが主役でリッキーはその次、という序列が明らかにされているけれど、場面の作りとしてはリッキー・ネルスンが主役に据えてある。リッキーの若さと姿の良さを、最大限に効果的に使うためにね。この歌の場面を覚えるために、俺は二度、観たよ」

「二度でよくここまで覚えたね」

「基本的なルールさえつかめば、あとはそのルールどおりに進行していくから」

そう言った彼は、冷え始めたコーヒーを飲んだ。ふた口、三口と飲んだ彼は、少しだけ違う口調で次のように言った。

「第二外国語の単位未習得で二年生の夏に夏期講習、という身ではあるけれど、まだいまのうちはこんな話をしてられるんだ。郷里の高校からこの大学のおなじ学部に進学した先輩が三年生と四年生にいて、四年生の先輩は就職活動で大変だよ。夏休みになる前に内定をもらう予定だったけれど、まだもらえてなくてその予定は大幅に狂ったと言ってる。再来年は俺たちの番だな」

縦に長いこの喫茶店のいちばん奥の席から、外の路地に面した窓を僕は見た。窓の外の路地には真夏の陽ざしが静かに充満していた。

「うわっ」

と彼が声を上げた。

「いまここで、こんな音楽がかかるとは」

と、彼は天井を示した。天井のどこかにスピーカーがあり、『朝な夕なに』というドイツ映画の主題曲が聴こえていた。

「これはレコードだよ。こんなレコードがこの店にあるのか」

「ルート・ロイヴェリック」

と僕は言ってみた。この映画に主演した女優の名だ。

「きみもこの映画を観たのか」

「高校生の頃に」

「俺も郷里の映画館で観たよ。この曲はいい曲で、演奏も素晴らしいけれど、映画のなかでは、どの場面でもまったくおなじ音なんだよ」

「そのことには僕も気づいた」

「おなじ録音を、どの場面でも使ってる。何度か出て来るんだ。しかしそのつど、まったくおなじだよ」

「録音したスタジオの空間が、この曲が演奏されるどの場面の空間にも、重なっていた」

「そうか、きみも気づいたか」

「録音したスタジオの空間が、演奏の音と緊密に一体となっている」

「なぜ俺がこんなことを言うのか、その理由は、田舎の中学と高校で、俺は吹奏楽団のトランペットを吹いていたからだ」

「この大学ではジャズをやれよ」

という僕の言葉に、彼は首を振った。そして、

「それは出来ない」

と言った。

「それよりも就職だ」

「まだ二年生じゃないか」

「結婚を約束した女性が郷里の信用金庫で働いている。俺がここを卒業するのが三年後で、就職して三年たって二十六歳だ。三年はひとつの目処だろうから、そこで結婚する。彼女にはまだ六年も待たせることになる」

「東京で就職するのか」

「それを望んでいる」

と彼は言った。

「彼女の親戚が人形町に住んでいるので、結婚して住むのはその近くがいい、と彼女は言っている。人形町から逆算して、通勤するのに楽な会社に入ることを心がけるよ」

「転勤になったら」

と僕は訊いてみた。

彼は笑顔で首を振った。

「転勤のあり得ない会社に入るよ」

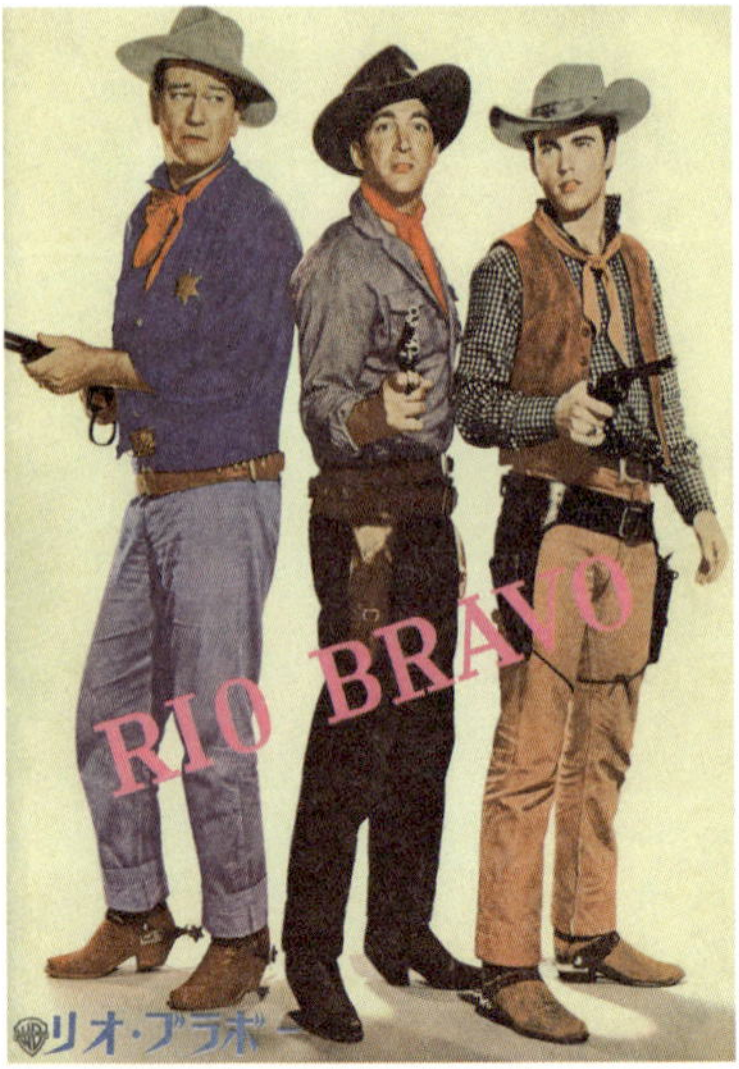

リオ・ブラボー
アメリカ映画
1959年日本公開（パンフレット）

リッキー・ネルソン
ライフルと愛馬、シンディ
（『リオ・ブラボー』に収録）
1959年録音

ディーン・マーティン
ライフルと愛馬
1959年

朝な夕なに
西ドイツ映画
1958年日本公開（パンフレット）

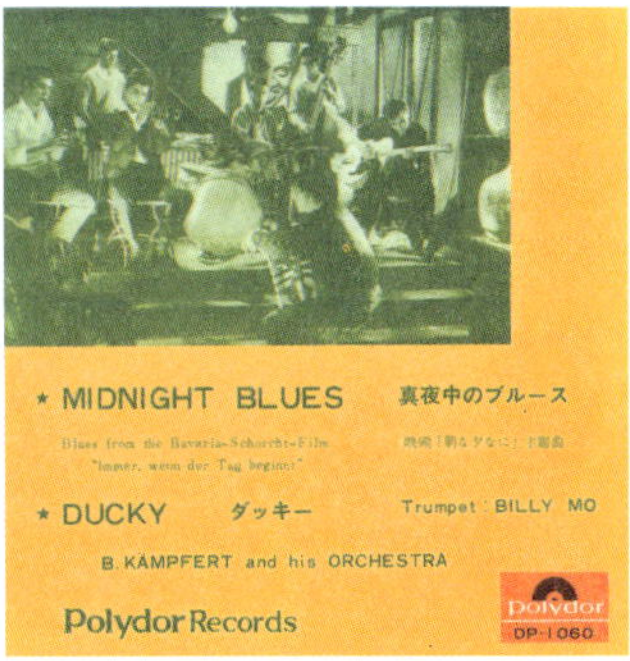

ベルト・ケンプフェルト楽団
真夜中のブルース
映画『朝な夕なに』主題曲
1958年

1961

スミス・コロナのタイプライター。ばったり。うっかり。がっくり。どっかり

午後すぐに僕は自宅を出た。世田谷代田駅まで歩き、小田急線で新宿まで。そして中央線に乗り換え、四谷で降りた。麹町にある小さな貿易会社のオフィスまで、僕は歩いた。かつて一度だけそこを訪ねたことがあった。だから僕の記憶はまだ正しかった。

小さなエレヴェーターで五階まで上がり、ドアのチャイムのボタンを押した。どうぞ、と女性の声で返事があった。あの彼女だ、と僕は思った。彼女のことをミツコと呼ぶ人がいるし、ジューンと呼んで入る人もいた。ハワイで生まれ育った日系の三世で、僕より二歳は年上なのではないか。

オフィスに入って彼女の姿を目にしたとたん、僕は彼女の名を思い出した。トキタだ。ジューン・ミツコ・トキタ。トキタはおそらく時田と書くのだろう。ミツコは、どんな字を書くのか。長袖のストライプのシャツの下には、いつもの胸のふくらみがほどよくあった。ポーズによっては、シャツの脇の下から背中にかけて、生地が引っ張られて下着の線が浮かんだ。腰や太腿はタイトぎみのスカートに包まれ、そのスカートの胴は幅の広いベルトで引き

締めてあった。彼女の造形と雰囲気のぜんたいが、パンプスに美しく収斂していた。

「いらっしゃい。時間どおりね。お久しぶり。今日は私ひとりなのよ」

そう言いながら彼女は、金属製のケースに入ったタイプライターを、応接用のガラス・トップの低いテーブルまで持って来た。

「これなのよ。ご覧になって」

彼女は僕の向かい側でソファにすわり、金属製のケースを開いてスミス・コロナのタイプライターを取り出し、僕に向けてガラス・トップの上に置いた。

この前に会ったとき、僕と彼女の世間話はタイプライターにおよび、新しいのを一台、手に入れたいと思っている、と僕は言った。私のいるオフィスに一年以上も使っていない新品同然のタイプライターが一台あり、それでよければ譲ってもいい、と彼女は言った。収納庫のどこか奥に入っているから出しておく、と彼女は言い、つい昨日、彼女から僕に電話があった。タイプライターをご覧になって、と彼女は言った。だからいま僕は、彼女が勤めている貿易会社のオフィスで、そのタイプライターと対面していた。

ガラス・トップの上のタイプライターを僕は見た。かたちと雰囲気を僕は気に入った。どちらかと言えば手軽なポータブルだ。彼女が言うとおり、それは新品同然だった。

「キーを打ってみる？」

と訊いた彼女に、

「買います」

と僕は言った。

「おいくらですか」

という問いに彼女は笑った。気の強い美人の笑いだった。彼女はなぜか立ち上がった。その彼女に、

「三万円」

と僕は言ってみた。

「まさか。もっと安くていいのよ」

黒い革張りのソファにすわっている僕を見下ろして、彼女はそう言った。

「二万円」

「その半分でいいわ」

「いますぐに支払います。気の変わらないうちに」

僕はチーノのポケットから紙幣を取り出し、一万円札を一枚抜き取り、しわをのばして彼女に差し出した。美しい身のこなしでソファにすわってから、彼女はそれを受け取り、テーブルのガラス・トップに置いた。

「さっき試しに打ってみたら、作動は完璧だったわ。いいかたちね」

「いつかどこかで見たような気持ちになります。それでいて、充分に近未来的で」

「ニア・フューチャね。いまは一九六一年だから、そこから眺めるニア・フューチャが、このタイプライターなのよ」

「それはたいそう的確なとらえかたです」

ソファを立った彼女は自分のデスクまで歩き、タイプライター用紙を一枚、指先につまんでソファへ戻った。ソファにすわりなおし、タイプライターに熟達している人の手つきで紙を巻きつけ、いきなりキーを叩き始めた。打ち初めにＩの字を一度だけ打ち、そこからあっと言う間の、一人称による二行だった。その二行を見つめ、彼女は微笑した。

彼女はタイプライターをケースに収め、蓋を閉じた。そして立ち上がり、ソファの端をまわってふたたび自分のデスクへいき、細い鎖の環にとおした小さなキーをふたつ、持って来た。テーブルの向こうから、そのキーを僕に差し出した。受け取った僕はタイプライターのケースの鍵をかけてみた。ケースは開かなくなった。僕はキーをチーノのポケットに入れた。

「これを持って帰るの？」

と彼女は訊いた。

「持って帰ります」

立ち上がった僕はケースの把手を持ち、片手に下げてみた。

「かなり重いでしょう」

そう言って彼女は別のデスクへ歩き、市販の領収書の綴りとボールペンを持って来て、ソファの向かい側にすわった。

「あなたに領収書を発行しなくてはいけないのよ」

と彼女は言い、カーボン紙をはさんだ領収書に日付と金額を書き込み、綴りを僕の前に置いてボールペンを差し出した。

「名前をご自分で書いて。様、という字をつけ加えて」

言われたままに僕は自分の名を書いた。様の字を添えて自分の名を書くのは、ひょっとしたらこれが初めてではないか、と僕は思った。綴りを受け取った彼女は、

「これでいいのよね」

と言い、領収書のオリジナルのほうをミシン目で切り取り、僕に差し出した。

「これをどこまで持って帰るの？」

と彼女は訊いた。

「世田谷の代田です」

「下北沢の近くかしら」

「歩いて五分です」

「マサコという喫茶店は知ってるわよね」

「知ってます」

「ときどきいくのよ。友人があの喫茶店の近くに住んでるから」

「いい買い物でした」

と言って僕は立ち上がった。ケースに入ってるタイプライターを、その把手で持ち上げた。

「コーヒーもお出ししなかったわね」

と言いながら彼女はドアまで僕を送ってくれた。

「マサコで」

と僕は言ってみた。

「そうね。それもいいわね」

「マサコでばったり会うようなことがあれば」

という僕の言葉に対して、彼女は次のように言った。

「ばったり。うっかり。がっくり。どっかり。うんざり。はったり。もっさり。どっきり。ざんぶり。はりきり。ちょっきり。きっちり。がっちり。とんがり。はんなり。やどかり。あしきり。よしきり。ばっかり。げんなり。さっぱり。ふんわり。きっぱり。しんなり。ひんやり。ぼんやり。あっさり。もっこり。だんどり。めんとり。かけとり。だしとり。もっともっと、あるのよ。ひとつひとつ、それを使うにふさわしい現場があるから、現場をひとつずつ体験しながら、覚えていかないといけないのね。あなたも文章を書く人なら、知ってるでしょう。私はこういう言葉を、使わないことにしたの。知ってはいるのよ。でも自分では、使わないことにきめました」

ケースに入ったタイプライターはかなりの重さだった。来たときと完全に逆を辿って、僕は世田谷代田駅まで戻り、そこからタイプライターを下げて自宅へ帰った。自分の部屋のデスクにケースを置いて開き、タイプライターを取り出してみた。彼女がタイプした紙がそのままプラテンに巻きついていた。彼女が打った二行をぼくは視線で追った。一九五八年にアメリカでヒットしたThe Purple People Eaterという歌の、歌詞の一部だった。

I said, "Mr.Purple People Eater, What's your line?"
He said, "Eating purple people, And it sure is fine."

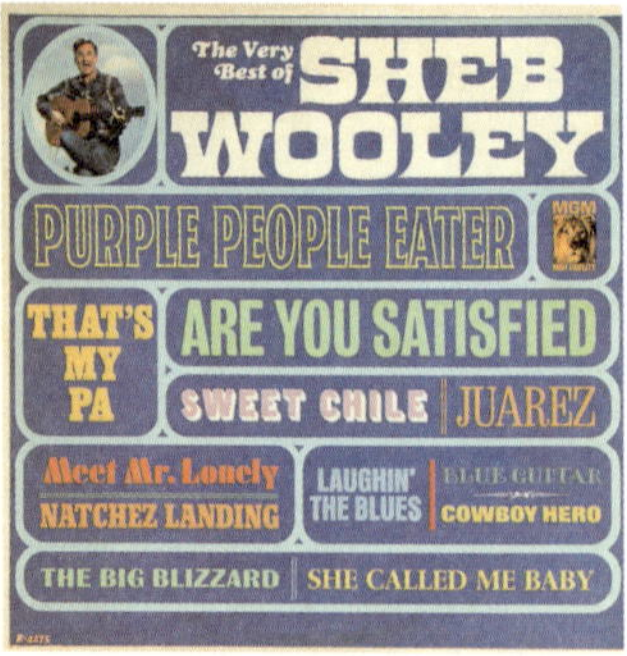

シェブ・ウーリー
Purple People Eater（ロックを踊る宇宙人）
（『The Very Best of SHEB WOOLEY』に収録）
1958年録音

シェブ・ウーリー
Purple People Eater（ロックを踊る宇宙人）
1958年（ドーナツ盤）

1962

一月一日の午後、彼女はヴェランダの洗濯物を取り込んだ

十二月三十一日の彼女は、都内にある実家に戻り、両親そして姉夫婦とともに、恒例の夕食をともにした。一月一日の午後、彼女はひとり暮らしの部屋に帰った。高台のスロープの途中にある、新しいアパートの二階の部屋だ。そして午後二時に僕はその部屋を訪ねた人となった。

帰って来てすぐに洗濯をした、と彼女は言っていた。その洗濯物がヴェランダに干してあった。このヴェランダの正面が南で、左右ともに視界をさえぎるものはなにもなかったから、朝の光と夕陽が、いつの季節にも豊かに届いた。

ヴェランダからガラス戸をへだてたなかにある部屋を彼女は寝室として使っていた。ベッドのヘッドボードが東に向いていて、足もとは西を向いていた。ヴェランダに張り渡した紐に洗濯物が洗濯ばさみで留めてあるのが、ベッドから見えた。

彼女と僕はベッドのなかにいた。ふたりとも裸だった。抱き合うような、そうでもないような、快適な状態のなかに僕たちはいた。

「洗濯物は乾いただろうか」

と、僕は低い声で言った。

「乾いてるわ」

「取り込まなくては」

「いま私も、そのことを思ってたの」

「僕がいこうか」

「今日は気温が低いのよ」

「パンツくらい履くよ」

彼女は笑った。彼女の笑い声を至近距離から受けとめるのは、快感だった。

「私がいきます」

と言って、裸の彼女はベッドを出た。

格子縞のフランネルの裏つきのジーンズに、裏起毛のスエット・シャツを、彼女は着た。素足のままガラス戸の前まで歩いていった。ヴェランダに出るときに履く女物の下駄が、そこに置いてあった。赤い鼻緒のその下駄を彼女は履いた。そしてガラス戸のストッパーをはずし、ガラス戸を開き、ヴェランダに出た。

僕はベッドから彼女を見た。紐に洗濯ばさみで留めた洗濯物を、彼女は手際よくはずしていった。すべてをはずして胸にかかえ、紐をほどいた。こうして彼女が洗濯物を取り込む姿を、僕はいま初めて見た。

一月一日の午後から夕方にかけて、女性と裸でベッドのなかで過ごすことじたいが、初めてだった。彼女はヴェランダからなかに入って来た。そしてしばらく隣の部屋へ姿を消した。洗濯物を整理したのだろう。やがて彼女は寝室に戻って来た。服を脱いで裸になり、ベッドに入った。僕たちは抱き合った。

「温かいのね」

と彼女が言った。

「もうじき夕方だ」

外が暗くなれば、カーテンが引いてないかぎり、ベッドのぜんたいがヴェランダのガラス戸に映るはずだ。そのことを僕は彼女に言ってみた。

「ここは初めてなのに、もうそんなことに気づいたの？」

「気づいた」

「なぜ？」

「忘れて」

「映ってるよ、ほら、見てごらん、と言うにきまってるから」

「そう言われたことがあるのかい」

「想像したのよ。このベッドがあのガラス戸によく映ることは、ここに住み始めた最初の日に、気づいたわ」

「ガラス戸に映っているベッドと自分を見ながら、そんな想像をしたのかい」

「そうよ」

「カーテンを引いておけばいい」

「そうね」

「あるいは、きみが先に言えばいい。ガラス戸にみんな映ってるわよ、見て、と」

「そうしましょうか」

「ぜひ」

「暗くなるまで待ちましょう」

夕食はここで僕たちふたりだけで食べることになっていた。献立もきまっていた。かなりのところまで僕が手伝うことになるだろう。一月一日の夕食を女性の部屋でふたりきりで食べるのも、僕にとっては初めての体験だった。

夕食のあと、どんな展開になるのか。冬の夜の時間は、確実に経過していく。泊まっていったら?となるのではないか。泊まろう。次の日は一月二日だ。前日から女性の部屋に泊まり、一月二日を彼女の部屋で迎えるのも、初めてのことだ。

目を覚ますのは午前十時頃ではないか。ひとつのベッドから起き出して、お早う、と言い合うのか。きっとそうだ。そのあとに朝食だ。材料にはどのようなものがあるのか。泊まることになったとき、訊いてみたい。忘れたなら、次の朝のお楽しみだ。

二日の午後、どちらかと言うならまだ早い時間に、僕は彼女の部屋を出るだろう。ふたりで散歩しよう、ということになるかもしれない。駅の向こうの公園を歩くのか。散策する、というような言いかたのあてはまる公園ではないはずだ。ほとんどの店が閉まっている商店街を歩くのか。喫茶店が一軒くらい、営業しているかもしれない。そこに入ってコーヒーを飲むのだろうか。コーヒーはいいとして、僕たちの会話は、どのようなものになるのか。

「食料品の差し入れをしようか」

と僕は言うかもしれない。

「なにをくださるの?」

と彼女は訊く。

「卵。バター。パン。チーズ。牛乳が買ってあると思う」

そこまで空想した僕は、裸の僕の体にまわす彼女の両腕に、真剣さを感じた。その真剣さに、一瞬を境にして、僕は僕の真剣さで、彼女に応えることを始めた。と同時に、今日はまだ彼女の鼻唄を聴いていないことに、僕は気づいた。ほとんどの場合、『アズ・タイム・ゴーズ・バイ』という歌で、英語の歌詞が最初から内蔵されているメロディを、そのまま指先でつまんで引き出したような鼻唄だ。ふたりで夕食のしたくをしているときには、おそらく聴くことが出来るだろう、と僕は思った。重なって来る彼女の唇を僕は自分の唇で受けとめた。

ルディ・ヴァリー
アズ・タイム・ゴーズ・バイ
1931年録音

ドゥーリー・ウィルソン
アズ・タイム・ゴーズ・バイ
1943年録音

湖のほとりのプールに陽が沈む。そして夏は終わる

ラウンジには三十分ほどいた。コーヒーを一杯だけ飲んだ。いつものコーヒーとは明らかに違っていた。高原にある湖のほとりのホテルのコーヒーだ。ラウンジにいたあいだずっと、そこには僕だけがいた。透明なガラスの大きな窓越しに、外の夏木立や空が見えていた。ごく淡く、音楽が聞こえていた。聞くこともなく僕はそれを聞いた。

『荒野の七人』『夏の日の恋』『太陽がいっぱい』『峠の幌馬車』『黒い傷痕のブルース』『コーヒー・ルンバ』『ムーン・リヴァー』どれもオリジナル・ヒットの演奏だった。

九曲目のなかほどで僕はラウンジを出た。長い廊下をホテルの建物の奥に向けて歩き、階段を降りて軽食堂に入った。ゴルフの服を着た人たちが何人か、テーブルにいた。

僕は庭に出た。木立が道の両側からアーチを作り、そこには日陰が出来ていた。そのゆるやかな下り坂を降りていくと、正面に湖が横たわっていた。坂を降りきって左を見ると、そこにプールがあった。プールは湖のすぐ近くだった。プールの外はさほど幅のない芝生のスロープで、そのスロープはすぐに岸辺となり、その岸辺に接しているのが湖だった。

プールサイドに入るためには靴と靴下を脱がなくてはいけなかった。僕はジョドファと靴下を脱ぎ、左足の靴下は左足のジョドファに、そして右足の靴下は右足のジョドファに入れ、左右を左右の手に持ち、縦に長いプールのいちばん奥まで歩いた。

快晴の八月十八日の夕方近く、まだプールサイドは陽ざしのなかにあり、いくつかある丸いテーブルには、パラソルの立っているテーブルもあった。僕はパラソルを避け、陽ざしのなかでテーブルとプールに向かい、プラスティックの椅子にすわった。

椅子のすわり心地は思いのほか良かった。人のいないプールのぜんたいを、縦に向こうの縁まで、僕は視界のなかにとらえた。プールの水が陽ざしにきらめいた。風が吹いた。陽ざしは暑かったが、これは避けたい、と思うほどのものではなかった。テーブルに両肘を置き、プールのぜんたいを、そしてその両側を、僕は眺めて過ごした。風がふたたび吹いた。

風は湖を渡って吹いて来た。僕は湖にも視線を向けた。一度だけなぜか途中で曲がっている、幅の狭い木製の桟橋が、岸から沖へのびていた。桟橋の突端にあるのは、かなりの大きさの長方形の箱を伏せたような、平らなものだった。湖面に浮いているのかと思い、僕はそれを見つめた。浮いてはいなかった。固定されていることが、ほどなくはっきりした。

岸辺に沿って散歩道が向こうへのびていた。歩いている人はいなかった。桟橋はただ桟橋だけがそこにあった。夕方の時間が確実に経過しつつあった。

縦に長い湖のいちばん奥には、カルデラの外壁が山なみのように立ち上がって見えた。湖の奥の水面には、すでに陽は当たっていなかった。水面は広く陰になっていた。カルデラの外壁の、湖に面した内側も完全に陰だった。陰は深かったから、山なみとして見える外壁のつらなりは、ほとんどシルエットだった。西へまわりきった太陽はその位置を低くしていきつつあった。

しばらく他のところを見ていたり、あるいは、考えごとをしていたが故に、見えてはいても見てはいない状態がしばらく続くと、湖面にかぶさる陰は意外なところまで広がっていた。僕のいるところは縦に長い湖のちょうど半分あたりの場所だった。見えている湖のおよそ半分が、いまは陰のなかにあった。その陰になった湖面を凝視したあと、おなじ視線をプールの水面に移すと、そこはなんの変化もない輝く水面であり、底まで続く水の深さだった。そして水面を風が吹き渡った。

安心してひとときを過ごしてふと湖に視線を向けると、沖へのびる栈橋の突端の長方形になった部分のぜんたいが、いまはすでに陰のなかだ。驚きながら僕は栈橋を眺めた。栈橋の上を陰がこちらに向けて動いて来るのが、はっきりと見えた。

カルデラの外壁の上空で、太陽の位置はさらに低くなっていた。プールの入口に人影が見えた。テニスのポロ・シャツにショートパンツ姿の、ふたりの女性だった。ふたりともヴァイザーをつけ、ひとりがテニス・ラケットを持っていた。ふたりはしばらくそこにいて、プールサイドを眺めた。そしていつのまにかいなくなった。

陰は桟橋のなかばを越えていた。素足に風を感じた。吹き抜けていく風のかたわらに、素足の肌に引きとめられる、ごく薄い風の膜があった。

プールは東西に縦置きされていた。湖も、複雑なかたちではあるけれど、基本的には東西にのびる縦長だった。桟橋のぜんたいが陰のなかに入った次の瞬間、岸辺からプールの西の縁まで、陰が走った。プールの西側の縁の、横幅ぜんたいを、陰がそのなかに呑み込んだ。

プールの水面の上を陰は進んだ。その速度は太陽の位置が低くなっていく速度とおなじであるはずだ、などと僕が思っているあいだに、陰はプールのなかばまで進んだ。陰は水面から水の底まで落ちていた。

プールの水面ぜんたいが陰になるのを、僕は見届けた。ついさきほどまでの、陽ざしを受けてきらめいていた水はどこにもなく、プールを満たしている水の容積ぜんたいが、陰とひとつになりつつ、静かに重く横たわっていた。

プールのこちら側の縁に陰は這い上がった。そしてその陰はプールの横幅いっぱいにのび、僕のテーブルの脚に向けて、確実に広がって来た。陰は僕のテーブルの脚をとらえた。と同時に、陰はテーブルの上にあった。丸い白いテーブルのぜんたいに、一瞬のうちに陰は広がり、僕の半袖シャツの胸が陰になり、カルデラの外壁の向こうへ太陽が沈んでいくのと完全に同調して、僕の顔に陰が重なった。夏はたったいま終わった、と僕は思った。

ニーノ・ロータ
太陽がいっぱい
（演奏／フィルム・シンフォニック・オーケストラ）
1960 年

エルマー・バーンステイン楽団
荒野の七人
1960 年

ビリー・ヴォーン楽団
峠の幌馬車
1961 年

パーシー・フェイス・オーケストラ
夏の日の恋
1960 年

アンリ・ド・パリ楽団
黒い傷あとのブルース
1961 年

ヘンリー・マンシーニ楽団
ムーン・リバー
1961 年

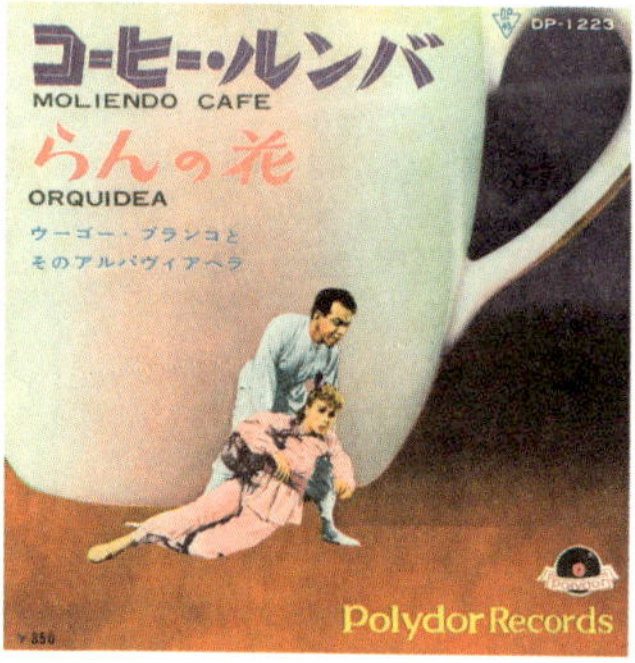

ウーゴ・ブランコ
コーヒー・ルンバ
1961 年

1963

あのペンネームはどこから来たのか

自宅からいつもの私鉄の駅へ歩き、上りの電車に乗って七つ目の終点で急行に乗り換え、ふたつ目の駅で降りた。ここまでで一時間かかった。坂を下って交差点から西へ歩いた。商店がならんでいるなかに、やがて洋品店があった。僕はそこに入った。中年男性の店主が、

「いらっしゃい、毎度」

と元気のある口調で言った。

僕はジャケットの下に淡いブルーの長袖シャツを着ていた。タイは締めていなかったから、喉もとのボタンははずしてあり、したがって喉もとは開いていた。その喉もとを示し、

「黒いニットのタイはありますか」

と僕は訊いた。

「ありますよ、いいのがあります」

と言って店主がすぐに出してくれたのを、僕は受け取った。色はいい。きれいな黒だ。手ざわり、そして見た目も、合格だった。買ってもいい、と判断した僕は、

「襟に締めてみてもいいですか」

と訊いた。

「どうぞ」

店主はガラス・ケースの上で、縦長の楕円形の鏡を僕に向けてくれた。その鏡のなかに今日の自分がいるのを、僕は確認した。タイは悪くなかった。少なくともシャツには良く合っていた。

「どうですか」

と僕は言ってみた。

「たいへんいいです」

「まともな人に見えますか」

「見えますとも」

勢いを込めて店主はそう言い、

「親孝行をなさる人に見えます」

とつけ加えた。僕は笑った。

そのタイを締めたまま、僕は代金を支払った。店主は僕を送り出し、

「毎度」

と言った。

二度も、毎度、と言うからには、以前に少なくとも一度は、僕はあの店でなにかを買ったのだ、と僕は思った。あの店で、いつ、なにを買ったのか、思い出せないままに、僕は交差点に向けて西へ歩いた。このタイはいずれ買い換えるだろう、と僕は思った。おなじニットの黒いタイで、横幅は最大で五十五ミリのものを。

大きな交差点の横断歩道を西へ渡り、渡ったらすぐに南へと道路を越えた。そしてふたたび西へ歩いた。

僕は古書店に入った。十五分もいただろうか。アメリカのペイパーバックを古書で二十二冊、僕は買った。まだ持っていないものはすべて買う、という方針だから、店で過ごす時間はいつも短かった。

二十二冊を店主は紙紐で十文字に縛ってくれた。店を出て指先に下げて歩き、やがてそれを僕は脇の下に抱えた。交差点まで戻り、それを東へ越えて、鞄の店に僕は入った。

そこで僕が見つけたのは、アタシェ・ケースよりひとまわり大きい、手提げの長方形のケースだった。

「スーツケースのいちばん小さいタイプです。一泊、二泊のビジネス・トリップに」

と店主は言った。

僕はそのケースを買った。代金を支払い、紙紐で縛ったままの二十二冊のペイパーバックを、そのなかに横たえた。蓋を閉じ、ロックをかけて、僕は店を出た。

坂の下の交差点へ歩き、西側でそれを北へ渡り、坂を上がっていった。駅まで上がると道は平坦になった。駅の建物を右斜めに見ながら西へ曲がり、すぐのところにあった広い喫茶店に僕は入った。左奥の四角い柱の隣に席が空いていた。だから僕はそこにすわり、コーヒーを注文し、腕時計を見た。編集者との待ち合わせの時間までに、二十分以上あった。

買ったばかりのケースを両膝の上で開き、二十二冊のペイパーバックを縛っている紙紐を僕はほどいた。一冊ずつ手に取っては眺めていった。届いたコーヒーはいつもとおなじ味と香りだった。

二十二冊をひととおり観察し、ケースを閉じたところに、待ち合わせの編集者があらわれた。僕よりも三、四歳だけ年上だ。彼が時間どおりにあらわれるのは珍しいことだった。

彼もコーヒーを注文した。そして天井を指さし、

「このLPを最近しばしば耳にするんだ。なんというLPだい」

と言った。

「ブルースと抽象的な真実」

と僕は答え、

「そういうタイトルなのか」

と彼は笑った。

「ブルースはいいとして、抽象的な真実とは、いったいなんだい、それは」

と彼は言った。

まったくの冗談として、僕は自分を指さした。彼は大きく笑った。冗談はつうじた。

「きみのことなのか。それは安心した。抽象的な真実から、ひねり出してくれよ。いまここできみのペンネームをきめて、編集部に戻ってそのペンネームにもとづき、最終的な段階の作業をしなくてはいけない。いまここで、きみのペンネームをきめよう」

僕にとって最初の本が出版されることになっていた。ペンネームにしたい、と彼に伝えてあった。よし、ペンネームでいこう、と彼は承諾してくれた。しかし、名前はまだきめていなかった。

「なにかアイディアは浮かんだかい」

と、テーブルのむこうから言われた瞬間、僕には閃くものがあった。ケースを両膝の上に横たえて開き、なかにある二十二冊のペイパーバックのなかから、J・D・サリンジャーの短編集を取り出した。『九つの短編』という題名のとおり、短編小説が九編、収録してある短編集だ。その九編ある短編の、いちばん最後の作品の題名は、Teddyといった。ペンネームにはこれがいいのではないか、とたったいま、僕には閃いた。その短編集の目次を開き、Teddyという作品を指先で示しながら、

「これはどうですか。最後にある作品の題名です」

「テディ」

と彼は言った。

「どうですか」

「これがペンネームか」

しばらく英語の文字を見つめていた彼は、

「いいかもしれない」

と言った。

「当然、このテディの下に、名前がつくわけだよな」

「そうです」

「なるほど。これでいいかい」

「いいです」

「だったら、そうしよう」

彼はそのペイパーバックの表紙を見た。そして僕の両膝の上にある、蓋を開いたままのケースのなかを見た。

「たくさん持ってるな」

「買ったばかりです」

「いつもよく買ってるよな。これもかい」

と、彼は手にしているペイパーバックを掲げてみせた。

「そうです」

「そしてこの目次に、自分のペンネームを発見したのか」

短編集を彼は僕に差し出した。僕はそれを受け取った。

「片仮名で、テディ。よし、きめた」

と彼は言った。

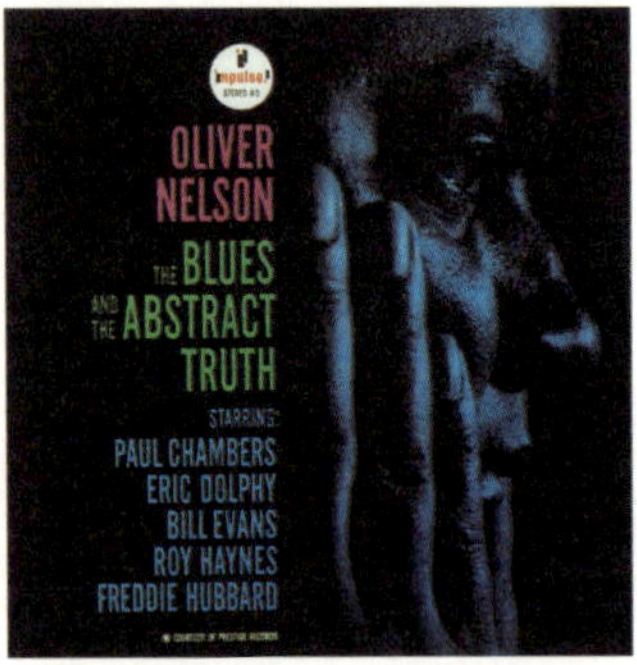

オリバー・ネルソン
ブルースの真実
1961年

大学の四年間は一通の成績証明書となった

新宿からの小田急線の電車を下北沢で降りた。改札を出て北口の階段を下り、すぐに右へ向かった。雨は上がっていた。道幅の狭い商店街をいき、最初の十字路を左へ曲がった。二階がバーになっている建物は、ゆるやかな上り坂の途中にあった。建物の左端にまっすぐな階段があり、それを上がって右側のドアを開くと、バーの空間が広がっていた。

僕は店内を見渡した。いちばん奥のカウンターのなかに彼女がいた。彼女も僕を見て笑顔になった。カウンターに置いた右手の、置いたそのままに、五本の指を上げてみせた。そして左手で、自分のいるカウンターの左端を示した。そこへ来い、という合図だ。だから僕はそこへ歩き、店のスペースの左の隅で、ストゥールにすわった。彼女がカウンターの向こう側に立った。

オレンジ色に白い水玉模様の、薄くしなやかな生地の長袖のシャツを、今夜の彼女は着ていた。シャツの下にある肩幅の広さが、顔だちの良さやすっきりした表情と、美しく均衡していた。シャツの襟は長いリボンになっていて、喉もとできれいに結んであった。

「そのリボンは自分で結んだのかい」

と僕は訊いた。

「そうよ」

と答えた彼女は、胸の前でループになっているリボンを見下ろした。

「ほどきにくかったら、僕を呼んでくれ」

「なぜ？」

「僕がほどいてあげる」

という僕の言葉に彼女は笑った。

「両端を指先につまんで、ごく軽く引っぱるだけで、するっときれいにほどけます」

「もしほどきにくいことがあったら」

彼女は微笑した。そして、

「今夜は冗談を言いに来たの？」

と言った。その口調の美しさは彼女そのものだった。

「梅雨の雨の一日だ」

「そうね」

「いまは降っていない。今日はほとんど仕事をしなかった」

「そんな日もあるの？」

「小さなグラスにウィスキーを」

彼女は中年のバーテンダーのいるところまで歩き、彼に僕の注文を告げた。小さなグラスにブレンデッド・ウィスキーが、鮮やかに注がれた。それをコースターとともに持ち、僕の前へ戻って来て、コースターの上に小さなグラスを置いた。

「二週間前の午前中、僕が会社にいたら、お昼前に本社の人事課の女性から、僕のデスクに電話があった。大学四年間の成績証明書が必要です、と彼女は言った。今年からそうなりました、と彼女は言っていた。通信簿さ。自宅にまだありますが、それではいけませんか、と僕が訊いたら、その通信簿はあなた個人に対して発行されたものでしょう、いま必要なのは、この会社宛てに大学が正式に発行した、四年間の成績証明書です、と彼女は言うんだ。証明書だよ。右、証明する、と印刷してあって、四角い大きな印鑑が押してあるような。こうしていま僕はひとりで喋ってるけど、それでいいかい」

「もっと喋って」

と彼女は言った。

「大学に発行してもらって提出してください、と言われて僕は考えた。販売部の自分のデスクで椅子にすわって。大学に頼むほかないのだから、会社の便箋に用件を書き、出来次第頂きに上がりますので同封の葉書にてお知らせ下さい、と書き添え、会社の名称と所在地、それに僕の所属部署と僕の名前をおもてに書いた葉書を同封し、会社の封筒に同封し、営業庶務の女性に切手をもらって貼り、会社の建物のすぐ前の郵便ポストに投函した。すっかり忘れた今日、返信の葉書が僕に配達されたよ。成績証明書の用意が出来ているので、何月何日以降ならいつでもいいので、法学部学生課で受け取るように、とその葉書には書いてあった」

そこまで喋った僕は、目の前の小さなグラスから、ウィスキーを少しだけ飲んでみた。

「飲まないか」

と、僕はグラスを彼女に差し出した。白い手でそれを受け取り、グラスを唇へ持っていき、ウィスキーを半分ほど彼女は飲んだ。そしてグラスをコースターに戻した。

「だから僕は」

と、僕は話を続けた。

「梅雨の雨のなかで傘をさして都電の停留所で都電を待ち、今年の三月に卒業した大学へいったよ。会社を出る前に直属の上司に葉書を見せ、受け取りにいってきます、と言ったら、ご苦労さん、という返事があった。大学とその周辺は、以前となんら変わることのない、まったくおなじ世界だった。しかしこの僕は、とっくに、大学とはなんの関係もない、ただのひとりの人だった。この大学に僕はもはやなんの関係もないのだ、という事実を僕は痛感した。今年の三月の卒業生です、と言ってみても、はあそうですか、でしかないからね。雨のなかに傘をさして、僕は大学の構内をしばしさまよった。どこを見てもまだひどく見慣れたところばかりなのだけれど、そのどこにも、自分はもうなんの関係も持ってはいないのだ、ただひとり放り出されてるだけだ、という事実を何度も繰り返し確認した。一軒だけ喫茶店に入ってみた。いつも仲間がたむろしていたいきつけの喫茶店ではなく、坂を上がって少しだけはずれたところにある喫茶店だ。顔なじみのウェイトレスが、あら、とだけ言ってくれた。片隅の席で、一杯のコーヒーを前にして、この大学で過ごしたあの四年間はどこへいったのか、などと僕は考えたよ。それは自分のなかのどこかにある、としか言いようがない。四年間、なにをしたのか。なにもしなかった。自分をしてました、という言いかたは出来ても、ではその自分とは、と問われたなら、回答はいっさいない」

「勉強するために大学へいったのではなかったの？」

という彼女の質問に僕は首を振った。

「時間をかせぐためだよ。まだ用意は出来ていません、時間をください、ということだった。四年間の猶予をもらい、大卒になって、さて、どうしますか、と言われたら、なにもありません、どうにも出来ません、と答えるのが、今日の僕だ」

「成績証明書はもらったの？」

と彼女は訊いた。

「もらったよ。法学部の学生課へいって。四年間、学生課にはほとんど用はなかったけれど、いけばかならずいた若い女性が応対してくれた。ひとまわり大人になった印象だった。成績証明書の入ってる大学の封筒を僕に見せて、封をしますか、と訊くから、その必要はありません、と僕は答えた。在学中はお世話になりました、とつけ加えたら、彼女はごく淡く微笑した。ごく淡くではあっても、微笑してもらえる自分というものは、雨の日の午後における、唯一の小さな収穫だった。帰り道の都電のなかで、僕はそんなことを思った」
「私も微笑くらいはするのよ」
と彼女は言った。

彼女の自宅と僕の自宅とは、どちらから歩いても、三、四分の距離しか離れていなかった。通った高校は違うのだが、年齢はおなじで学年もおなじだから、おなじ年の三月に卒業した。毎日のように近所で、おたがいに顔を見ていた。

高校を卒業した年の四月なかばの土曜日、この下北沢の東の踏み切りの前にあるオデオン座で、僕は映画を観た。高校生たちを主人公にしたイギリスの映画だった。ジェレミー・スペンサーが主人公を演じ、ジョン・ミルズが教頭のような役で出演していた。映画のなかの高校生たちは、ジャズ・バンドの演奏活動をしていた。ジョン・ミルズがデキシーランド・スタイルで見事なトランペットを吹く場面があった。この演奏はミルズの自前ではない、見事すぎる、と思いながら僕はその場面を観た。映画の最後にクレディットがあり、ジョン・ミルズのトランペット演奏はハンフリー・リトルトンが吹き替えたことを知り、僕はなぜか安堵した。ハンフリー・リトルトンの名前は、そのときすでに知っていた。

この映画を観たオデオン座を出て踏み切りへ歩き、降りていた遮断機の前にたくさんいた人たちのうしろに、僕は立ちどまった。僕のすぐ前に彼女がいた。名を呼ぶと彼女は振り返り、

「映画を観て来たのよ」

と言い、僕の斜めうしろのオデオン座を指さした。

「僕もだよ。あの映画」

と、僕もオデオン座を示した。

「ほんとなの?」

「終わって、いま出て来た」

「私たちはおなじ映画を観たの?」

「いい映画だった」

「私もそう思う。観てよかったわ」

電車が三本通過して、遮断機は上がった。僕たちは踏み切りを渡って一番街に入り、すぐに左へ曲がった。この商店街をまっすぐにいくと、駅のすぐ東側にある、もうひとつの踏み切りに出た。踏み切りの手前にフルーツ・パーラがあり、僕たちはそこに入った。そして観て来たばかりの映画について、語り合った。

「とてもいい高校生活ね。あんな高校生たちが、イギリスにはいるのかしら」

「いるのだと思っていよう」

「観終わって、つくづく思ったのよ。この私はもう高校生ではないんだ、と」

「僕もおなじことを思った。高校生だった日々は終わったのだ、とはっきり感じた。あらゆるところに、その終わりが見えた」

彼女は微笑した。

「妙な気持ちだったわ。そうとはまったく気づかないままに、自分がなにか取り返しのつかない失敗をしたような」

「取り返しは、つかないんだよ。終わったのだから。高校を卒業して、すでにひと月以上が経過している」

「挫折したわね」

と彼女は言った。

「そうなんだよ。そのとおりだ。高校生の日々は終わった、という挫折だ。これからどうする、こうするなんてなにもなくて、とにかく僕たちは挫折したんだ」

「挫折仲間ね」

と彼女は笑った。

「おそらく主題歌だと思うけど、You are my first loveという歌い出しのメロディは、覚えてるわ」

この会話のときから四年と二か月後の彼女が、夜のバーのなかでいま僕の目の前にいた。

思春期の感情
イギリス映画
1957 年公開（パンフレット）

ルビー・マレー
You Are My First Love
（『THE BEST OF RUBY MURRAY』に収録）
1957 年録音

真珠の首飾りを彼女が
ナイト・テーブルに置いた

会社のある建物の正面の出入口は大きなガラスのドアだ。午後八時を過ぎたいま、そのガラスのドアの外には金属製のシャッターが降りていて、ロビーは薄暗かった。ドアのガラス越しにシャッターの裏側が見えていた。二基あるエレヴェーターのドアの前だけを、天井からの明かりが照らしていた。

ひとりでエレヴェーターを一階で降りた僕は、建物の裏口への通路へまわった。守衛のいる部屋の前を抜けて、鉄のドアから建物の外へ出た。そして建物の壁に沿った通路を歩いておもての歩道に出た。車道のまんなかを都電が走っていた。

「もう梅雨かな」

と、僕の背後から男の声がした。僕は振り返った。七階の大部屋で僕の机のすぐうしろの机にいる、隣の課の三十代の男性が、僕に向けて歩み寄って来た。

「しかし、雨は降らないな。少なくとも今夜は」

東京駅に向けて僕たちは歩き始めた。彼は会社の仕事の話をした。大卒の新入社員として

入社してまだ四十日ほどの僕に、仕事のことを教えてくれる口調だった。八重洲口まで来たとき、

「一杯だけ飲んでいこう」

と彼は言った。

僕は彼についていった。並木のあるおもての通りから一本だけ裏に入ったところの、トリス・バーのドアを彼は開いた。彼とともに僕もそのバーに入った。

広い店だった。カウンターがいくつもあり、どのカウンターも男性の客で埋まっていた。会社からの帰り道の男性たちだ。賑やかであるのを明らかに越えて、店のなかはうるさい、と僕は思った。店の奥には入らず、ドアに近いカウンターの端に、僕たちはならんでストゥールにすわった。ふたりともおなじ水割りを注文した。

最初の水割りを彼が半分ほど飲んだとき、店の奥からグレン・ミラー楽団の『真珠の首飾り』のレコードが、遠い音で聴こえて来た。その方向を右手の曖昧な動きで示した彼は、

「折しも真珠の首飾りだけどさあ。うちのかみさんが真珠の首飾りを買いたい、と言い張っている」

と言って苦笑した。

「あちこち見て歩いて、これ、と言うものをすでに決めてあるそうだ。あとは買うだけだよ」

そう言って水割りを飲み干し、カウンターのなかのバーテンダーに二杯目を注文した。

「うちのかみさんが買いたがってる真珠の首飾りに、真珠がいくつ連なってると思うかい」

苦笑をさらに拡大させた笑顔を僕に向けて、彼はそう言った。

「五十個くらいですか」

と僕は言った。

「四十七個だ」

二杯目の水割りがすぐに彼のコースターに届いた。グラスに右手の指先を添えて、彼は言った。

「真珠の首飾りには、あまり楽しくない思い出があってね。俺の記憶のなかにいまでも鮮明に残っていて、だからいまもそのまま、嫌な思い出なんだよ」

「聞かせてください」

「こんな話が、きみの参考になるかどうか」

「きっとなりますよ」

「そうかい」

「そう思います」

「どう思っても、それはきみの自由だけど」

そう言って彼は水割りを飲んだ。さらに続けて飲みながら、彼は次のように語った。

「俺がいまのかみさんと結婚する前、さる女性とつきあっててね。ひょっとしたらこの女性と結婚するのかな、と思うことがなくもなかったけれど、それは嫌だな、という気持ちも明らかにあった。嫌だ、という気持ちを決定的にしたのが、ある夜の彼女が身につけていた、真珠の首飾りだった」

水割りのグラスをコースターに置いた彼は、僕に顔を向けて、

「この話がどう展開するのか、きみに予測がつくかい」

と訊いた。

「予測はまったくつきません」

と僕は答えた。

うなずいた彼はふたたび語った。

「かつてつきあってたその女性が、ある日の夜、真珠の首飾りをしてたんだよ。途中をすべて省略して最後の場面だけを語ることにすると、その場面はホテルの部屋だ。俺と彼女はその部屋で一夜を過ごすことにしていた。俺が先にシャワーを使って、部屋の浴衣を着て浴室から出て来た。部屋の明かりはすでにほの暗くなっていた。俺はベッドに入ったよ。彼女はソファにすわってたけど、やおら立ち上がってベッドのかたわらまで来て、俺は見てなかったのがいけなかったかもしれないが、じつはほの暗いなかでベッドのかたわらに立ち、彼女は自分の首から真珠の首飾りをはずしてたんだ。はずしたそれを彼女は、ベッドのかたわらのナイト・テーブルに置いた。そのときの音が、じつに汚くしかも大きな音でね。じゃらじゃ

ら、ごとがた、じゃらんじょこん、という音だった。彼女を見ていなかった俺は、その音だけを、いきなり聴いた。真珠の首飾りをはずしてナイト・テーブルに置いたのだ、ということはすぐにわかった。と同時に、最終的にわかったのは、これは駄目だ、ということさ」

そこで彼は言葉を切った。しばらく黙ったままだったので、

「なにが駄目だったのですか」

と僕は訊いてみた。

「この女性と結婚するのはよそう、と俺はきめた」

「そのナイト・テーブルは合板だったのですよ。合板のテーブルの上に物を置くと、ひどい音がします」

と僕は言った。

「彼女をかばってくれて、ありがとう。しかし、すでに遅い。いま彼女がどこでどうしてるのか、風の頼りも届かない。そしてそうなった原因は、彼女がナイト・テーブルに真珠の首飾りを置いたときの、音だった」

彼はその話のあと、水割りをもう一杯、飲んだ。三杯目を空けると、

「さあ、いこうか」

と僕を促し、ストゥールを降りた。僕は水割り一杯だけだった。代金は彼が支払った。バーを出ると雨が降っていた。おもての並木のある歩道へ、軒づたいに出た。道の斜め向かいに

地下鉄への入口があった。それを指さした彼は、

「俺はあの地下鉄だ」

と言い、僕は東京駅のほうを指さした。うなずいた彼は、

「また明日」

と言い、地下鉄の入口に向けて、雨に濡れた道を斜めに走った。

グレン・ミラー楽団
真珠の首飾り
（映画『グレン・ミラー物語』より）
1954 年

営業の人になりきったら、それ以外の人にはなれないでしょう？

午後六時十五分に茅場町の喫茶店で待ち合わせだった。待ち合わせ相手の佐伯祐子はすでに来ていた。茅場町のビルディングの奥にある喫茶店だ。テーブルをはさんで差し向かいにすわった僕に、

「この歌、好きよ」

と彼女は言った。

「外国の歌よね」

「日曜はダメよ、という歌だ」

「なにが駄目なの？」

真顔で彼女はそう訊いた。

「いちばん初めは確かミュージカルだった。その次が映画。いま歌ってるのは、その映画の主演女優で、ギリシアの人だ」

僕はコーヒーを注文した。

「私は今日の仕事は終わったけれど、あなたはこのあと会社へ帰るの？」

と彼女は訊いた。

「帰りたくないな」

「だったら、よしなさいよ」

「このまま帰るわけにもいかないかな」

「なぜ？」

そう訊かれると、そこにはたいした理由はなかった。

「私が電話してあげるわよ。あなたの名刺をちょうだい」

そう言った彼女に、僕は自分の名刺の束を取り出し、一枚抜いて彼女に差し出した。

「この番号ね。第二鉄鋼販売部。上司のかたの名前は？」

という彼女に、僕は上司の名を答えた。

「まかせて」

と言い、ひとつの動作ですっきりと、彼女は立ち上がった。入口の脇にある赤電話まで彼女は歩いた。そのきれいなうしろ姿を僕は見守った。コーヒーがテーブルに届いた。電話をかけている彼女のうしろ姿が、正面に見えていた。

やがて彼女は戻って来た。もとの席にすわり、

「この名刺は私がもらっておく」

と言い、次のように続けた。

「私はあなたの姉ということになってるから。親族に急用が出来まして、これから向かうところです、姉の私が代わってお電話しております、なんて真面目くさって言ったのよ」

「それはいい」

「よろしく伝えてください、と言ってたわ」

佐伯祐子は僕が勤めている会社のある建物の、エレヴェーター・ガールだ。

「入社して何日になるの？」

と彼女は訊いた。

「六十日かな」

「私はこの四月で二年で、いまは三年目」

「僕のほうがずっと年上のような気がする」

「なぜかしら」

「会社の名刺を持ってるからだろう」

「エレヴェーターを無人にして、私たちはOLとして配置される、という話もあるのよ。OLって、なにをするの？」

「会社にいる女性のひとりは、都電の切符を担当している。営業の男たちが外まわりのルートを伝票に書いて持っていくと、伝票を点検したのち、都電のルートに必要な切符をくれる。

回数券を指先でちぎるんだ。都電のルートを彼女は熟知していて、ここでは乗換が出来ます、と言って、つけペンにインク壺の赤インクをつけて、伝票のその部分に、乗換、と書いてくれる。途中で乗り換えるなら、最初に乗ったときに、どこそこで乗り換えです、と車掌に言うんだ。そしたら乗換の切符をくれる」

「乗車賃は一回分でいいのね」

「だからこその、赤ペンだよ」

「その都電で私は通ってるのよ」

と彼女は言った。

「ここを出て、すぐ向かい側に停留所があるから、そこから乗って、乗り換えなしで鶴巻町まで」

「大学の近くか」

「あなたの出た大学」

「その都電に乗ってみようかな」

「いっしょに乗りましょう。私の自宅は、大学まで歩いて五分ほどなの」

ほどなく僕たちは喫茶店を出た。車道のまんなかにある都電の停留所へ渡り、やがて来た都電に乗った。彼女は回数券、そして僕は現金を支払った。車輛のなかほどで僕たちは吊り革につかまった。

「営業の仕事をしてるのよね」

「そうだよ」

「面白い？」

「まだ面白さは見えていない」

「私は営業の人が嫌いよ」

「僕はまだ営業の人にはなっていないと思う」

「ならないで」

そう言われて僕は、返事のしようがなかった。

「真剣だね」

と言ってみた。

「真面目な話よ」

と彼女は答えた。

「あなたは、なにを営業してるの？」

「ステインレス・スティールの板をヨーロッパに売っている。西ドイツでは団地の建て替えが始まっていて、キチンの流し台とその両側の調理台まで、一枚のスティール板をプレス機にかけて、いっぺんに作ってしまう。そんなことに使われるステインレス・スティールの板だ」

彼女は黙っていた。だから僕は話を続けた。

「見積もりから始まって、製品の船積みで終わる。入社ひと月の社員が、船積みまでやったよ」

「あなたが?」

「一度だけ」

「やめて」

と彼女は言った。

「やめなさいよ」

と、彼女は言いなおした。

「営業の人になりきったら、それ以外の人にはなれないでしょう」

正解には違いない、と僕は思った。

都電は神保町を抜けて飯田橋へと回り、駅前の停留所で多くの乗客が降りた。僕たちはならんで座席にすわった。

「あの喫茶店で会えば、いっしょにこの都電に乗れると思って、誘ったのよ」

「何度も乗ろう」

「すぐに辞める気がするわ」

「会社を?」

佐伯祐子はうなずいた。その端正な横顔にある怜悧さを、僕は見た。

大学のための停留所、と言ってもいいところで僕たちは都電を降りた。

「それでは私はここで」

と彼女は言った。そして自分のうしろの方向を示し、

「自宅はあちらなの」

と言った。だから僕たちはそこで別れた。

僕はすぐに路地に入った。大学の敷地まで、迷路のような路地を抜けていく必要があった。何本もつながっている路地を出ると、少しだけ広い道の始まりに、一軒の麻雀荘があった。道の向かい側に立ち、僕はその建物を眺めた。

ついふた月前に卒業するまで、僕はこの大学の学生だった。じつに多くの友人たちが、この麻雀荘の常連だった。一台のピンク電話機が、連絡を取り合う彼らにとっての、要所だった。彼らに必要なあらゆる情報がここに集まり、麻雀をしない僕ですら、一日に一回はここへ来た。人数が揃うまでたむろする場所でもあった。

小さな二階建ての建物だ。建物の横幅のまんなかにドアがあった。その両側にはガラス・タイルが縦にはめ込んであった。ドアに向かって左側には三列、そして右側では九列のガラス・タイルだ。ガラス・タイルの列のさらに外に、ひとつずつ窓があった。おなじ造りでおなじ大きさの窓だ。縦幅の下から三分の一のところに横の桟が一本あり、そこから白いカーテンが窓の下まで下がっていた。

ドアと窓のすぐ上に、建物の横幅いっぱいに、日除けが張り出していた。もえぎ色とオレ

ンジ色の、おなじ幅の縦のストライプだった。そこから上は平坦な壁だ。日除けのすぐ上、建物の横幅のまんなかに、小さくて四角い看板が突き出ているのを、いま初めて僕は見た。店名と電話番号が、黒いプラスティックの板から切り抜いて、貼ってあった。

二階の壁面を右に寄った位置に窓があり、その右側は雨戸だった。窓の横幅ぜんたいを、錆びた鉄骨による低い柵が囲んでいた。けっしてヴェランダではないし、手すりとも呼びがたい。窓の外にあるその場所に小さな鉢植えを、一列にはならべておくことが出来、いまその窓の外には、まさに鉢植えがならんでいた。窓には白いカーテンが引いてあった。

窓から上の壁面は段差をつけてふたつに分かれていた。右半分は屋上まで壁で、左半分は物干場だった。物干場へ出ていくためのドアや通路は、おもての道からは見えなかった。二階の壁面の外周は、数センチほどの厚さの煉瓦色の帯で縁取られていた。

店内の様子はまったく変わらないのだろうか、と僕は思った。今日も満卓なのか。牌をかき混ぜる音が店の外へ聴こえていた。麻雀卓はすべて学生の客で埋まっている、と僕は思った。いまここから道を渡ってドアを開き、なかに入れば、見慣れた顔があちこちにすべて揃っている、という想像を僕は楽しんだ。

その麻雀荘の右隣は路地をはさんで喫茶店だった。建物の前には左半分に植え込みがあり、そのすぐ向こうに横長の窓があった。窓の上には深いブルーの日除けが出ていた。建物のまんなかにあるドアは、道に対して斜めだった。ドアの右には、この喫茶店で供している飲み物と簡単な料理のサンプルのウィンドーが、壁面から箱のように突き出ていた。その向こうは漆喰の壁で、町内会の掲示板が取り付けてあり、ポスターが二枚、ならべて貼ってあった。

麻雀荘の前から斜めに道を渡り、僕はその喫茶店に入った。ドアのすぐ前に純子がいた。僕を振り返り、

「あら、まあ」

と言い、

「卒業したのですって？」

と本気で訊いた。

「したよ」

「いま、なにをしてるの？」

「会社員」

という僕の答えに彼女は笑った。そして、

「今日だけ？」

と言った。

「明日も」

「なにしに来たの？」

「コーヒーを飲みに」

「思いっきり苦いわよ」

店内には半分ほど客がいた。その店内を漠然と示し、

「どこでもお好きなところに」

と純子は言った。

僕は席にすわり、純子は調理場へいき、すぐにコーヒーを持って来た。

「苦いのを、どうぞ」

と言い、僕の向かい側にすわった。

「見慣れた顔を探している自分に気づくのは、妙な気持ちだね」

と僕は言った。

「私も見慣れてるでしょう」

「いつもどおりの美人だ。安心感を覚える」

「楽しんで」

「そうするほかない」

と言った僕の
「順子は結婚したのだって？」

という問いに、彼女はうなずいた。そして、

「気になる？」

と訊いた。

「そうか、結婚したか、とは思うさ。きみとふたりで、この喫茶店の中心だった」

「順子は二十三歳。あなたも、そして私も」

「きみは、純、と呼ばれることが多かった」

「順子はおなじ歳のサラリーマンと結婚したわよ。昨年の夏の前に就職がきまって、秋には順子の両親に会いにいって。年内に結婚して。ご主人が新入社員として出社を始めたときには、妻帯者だったのよ。ただちに大阪勤務になって。大阪のどこだったかな。そうだ、富田林だ」

「どうしてるのか」

「主婦をやってるわよ」

「おろしがねで生姜をおろして」

「なぜ生姜なの？」

「相手の男は生姜焼き定食がことのほか好きだった。いつも生姜焼き定食を食べていた」

笑う純子を見て僕は思った。エレヴェーター・ガールの佐伯祐子とよく似ている。立ち姿はそっくりだ。表情にも共通した部分が多い。祐子が喫茶店で働いて三年たてば、純子とおなじになるのではないか。

「純子がまだここにいるのは、うれしいよ。今日のようにいきなり来ても、こうして会うことが出来る」

「五人、断ったのよ。六人か」

「僕で七人目か」

「あなたはまだ私に求婚してないでしょう。これまでに六人の男が私に求婚して、六人とも私は断ったの」

「なぜ?」

という単純な問いを純子は受けとめた。

「会社の同僚たちにいつも言うはずの、うちのかみさんになるのは、嫌だから」

店内で再生するレコードの歌が奥の天井のスピーカーから聴こえていた。その方向を示して、

「この歌、好きよ」

と純子は言った。

「オービソンだ」

と僕は言い、純子はうなずいた。

Only The Lonely という題名を英文字で、僕は頭のなかで書いてみた。

メリナ・メルクーリ
日曜はダメよ
1960年

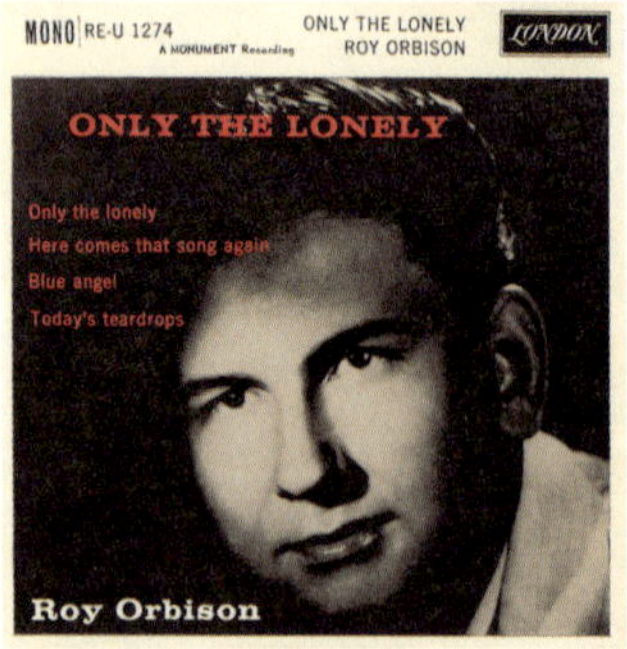

ロイ・オービソン
オンリー・ザ・ロンリー
1960年

男の社員ばかりで鬼怒川温泉に行き、それからどうするというのか

午後八時前に僕はひとりでエレヴェーターに乗った。ロビーのある一階で降りた。僕の背後でエレヴェーターのドアが閉じた。僕は立ちどまって振り返り、エレヴェーターの前へ戻った。階数表示を見た。エレヴェーターは上昇していた。六階で停まった。エレヴェーターは下降を始めた。五、四、三と階数が表示され、一階までの途中のどの階にも停まらず、一階で停止した。エレヴェーターのドアが開いた。スーツを着てネクタイを締めた青年がひとり、エレヴェーターの外へ出て来た。おなじ大学のおなじ学部から、このおなじ会社に就職した、同期の男だった。

「おう」

僕を見て、

と彼は言った。

「なんだ、お前か」

と僕は言い、その僕に歩み寄って彼は笑顔となり、

「俺だよ」

と言った。

「帰るのか」

という彼の問いに僕はうなずいた。

「俺もだよ。この時間に会社を出るなんて」

と言いながら、正面のガラス・ドアへ歩いた。シャッターはまだ降りていなかった。会社の建物を出て僕たちは交差点へ歩いた。

「不思議だよなあ」

と彼が言った。

「四年間おなじ大学にいて、俺は一度もお前を見かけたことがない。このことはかつて喋ったよな。お前も俺を一度も見ていない。そう言ってたな」

交差点で僕たちは信号が変わるのを待った。

「俺は授業には四年間、皆勤賞なんだよ。どの授業も、一度も、一回も、休んでいない」

「それは立派だ」

「ただし、授業から雀荘へ直行だよ。直行したまま、そこの終業時間まで、雀卓に向かってた。食事は出前、コーヒーは最初の授業に出る前だけ。四年間、そういう生活だった。お前が俺を見かけてないのは、そのせいだな」

信号が変わり、僕たちは交差点の横断歩道を渡っていった。

「しかし、おたがいにまったく知らないままにおなじ会社に就職して、いまはこうして肩をならべて歩きながら、東京駅へ向かってる」

僕たちは歩道を歩いていった。歩道に人の数は少なくなっていた。彼は僕に顔を向けた。そして、

「一杯だけ飲んでいこうか」

と言った。

「四月一日から出勤を始めてから今日までのあいだに、いまとおなじ言葉を、僕は何度も受けとめた」

と僕は言った。

「うちの会社の男からか」

「そうだよ」

「会社の帰りぎわに」

「いまのようにロビーで、あるいはそこを出たすぐのところで、偶然にいっしょになって」

「一杯だけか」

「僕は一杯。相手は三、四杯」

「ほんとに一杯だけ、飲んでいこう」

八重洲口まで歩いた僕たちは脇道に入った。脇道から裏道へ、そして路地に入ってそのなかほどで、彼はバーのドアの前に立った。

「ここだけど」

と彼は言った。

「入ろう」

「いいかい」

彼が先にドアを開き店に入った。思いのほか広い店だった。

「テーブルがいいか」

と彼は言い、壁に寄せて椅子とテーブルのならんでいるところを示した。壁を背にした椅子に彼はすわり、テーブルをはさんで僕は向き合った。注文を取りに来た男性に、

「ソーダ割り」

と彼は言い、

「ハイボール」

と言いなおした。僕もおなじものを注文した。

「ふたりで飲むのは初めてだよな」

と彼は言い、上体を僕に向けて傾け、

「このスーツはお前といっしょに新宿で買ったやつだよ」

と言った。

「そうだったか」

「お前も買ったよな。着てるのか」

「着てる。あれは五月の終わり頃だったか」

「最初の給料が出てから。最初の給料で俺は絶対にスーツを買う、ときめてたから。買いに行く日に会社のエレヴェーターでいっしょになって、誘ったらつきあってくれた。そしてお前も買ったんだ」

ふたつのハイボールがテーブルに届いた。僕たちは乾杯のしぐさをした。

「それから『ブルー・ハワイ』を観たじゃないか。映画だっていっしょに観てるんだ」

と彼は言った。

「スーツを買った店が入場券をくれたんだ」

「観にいったよな、いっしょに」

「会社は早くに出たような気がする」

「六時半くらいの上映だったか」

「席はびっしりと埋まってた」

「満員だったよな。スーツを買って、『ブルー・ハワイ』を観て。おなじことをかなりやってるんだ」

と言って彼はハイボールのグラスを手に取り、ひと口、ふた口と飲んだ。そして、

「六月の初めに社内旅行がある」

と言った。

「社内とは？」

「全員だよ。ただし、男の社員だけ」

「旅行するのか」

「鬼怒川温泉」

「そこへいって、どうするんだ」

「一泊だよ、みんなで」

「みんなで、どうするんだ」

「旅館に着いたら風呂かなあ。部屋で休んだあと、浴衣でぞろぞろ集まって来て、夕飯だな。ビールを抜いて、何度も乾杯して。すぐにみんな赤い顔をして、大きな声で笑って」

「それで？」

「俺は徹夜麻雀に引っ張り込まれるな。ギターを持って来いよ」

「なぜ？」

「飲めや歌えや、と言うじゃないか」

「嫌だよ」

「ハワイアン・バンドのメンバーだったと聞いたけど」

「セーガクのワイアンだよ」

「なんでもいいから」

「青竹珊瑚の時代は終わったよ」

「なんだい、そのアオタケサンゴとは」

そう訊かれて僕は説明した。

「青は『ブルー・ハワイ』の青。竹は『小さな竹の橋の下で』の竹。珊瑚は『珊瑚礁の彼方』の珊瑚。ハワイアン・バンドとしてステージに上がったなら、この三つを演奏しないかぎり、許してもらえなかった。青竹珊瑚でまた青い、というのもあった。また青いの青は、『ブルー・ムームー』の青だよ。ハワイの親戚に送ってもらって、ストリング・ベースの女性が着て、何度もステージに出たよ」

僕の説明に彼はうなずいた。ハイボールを飲もうとして手を止め、

「お前んとこの部長は歌が好きで、『船頭小唄』が絶品だそうだ。酒が入ればかならず歌うから、ギターで伴奏しろよ」

僕が返事をせずにいると、

「嫌いな歌なのか」

と彼は言った。

「ハワイアン・バンドは歌謡曲バンドでもあったから、『大利根月夜』から『潮来笠』まで歌ってた。その歌も歌ったことがあるよ。ストリング・ベースの女性とデュエットで」

「メンバーに女性がいたのか」

「どこかの女子大の学生だった。彼女は良かったよ」

「いま、どうしてるんだ」

「おなじ年に卒業して、すぐにハワイへいった。勉強のために。英語だけのクラスが二年間あって、毎日泣くほどしぼられています、という手紙が届いていた」

彼はハイボールを飲んだ。手のなかのグラスを見た。グラスをゆっくりテーブルのコースターに置き、僕に目を向けた。そして、

「泣くほど勉強でしぼられてみたいな」

と言った。

「まったく同感だ」

と僕は答えた。

田端義夫
大利根月夜
1939年（オリジナル録音）

エルヴィス・プレスリー
ブルー・ハワイ
1962年

橋 幸夫
潮来笠
1960年

森繁久彌
船頭小唄
1957年

あなたは、このコーヒーの苦さを忘れないで

所属部署にある自分のデスクで僕は退社届を書いた。本社の人事部に電話で訊いてみたら、退社届の用紙にはきまったものはなく、便箋でいい、ということだった。便箋は新入社員に支給されたもののなかにあった。縦書きで三十枚が一冊になったものだ。最初の一枚を僕は退社届に使うこととなった。

書いた退社届を本社の人事部に提出しにいくため、営業の大部屋の外に出てエレヴェーターを待った。エレヴェーターはやがて六階に停止した。いつものエレヴェーター・ガールとふたりだけのエレヴェーターは、一階へと下降していった。僕を振り向いた彼女は、

「うれしそうね」

と言った。

「なにかいいことがあったの？」

という彼女の質問に、僕はジャケットの左胸に手を当てた。そして、

「退社届を本社に出しにいく」

と言った。

「会社を辞めるの？」

と訊いた彼女に、

「そうだよ」

と僕は答えた。

晴れやかな表情が彼女の顔に広がった。

「それは、いい」

と叫ぶように言った。

「あと五分で交代だから、待ってて。いっしょにいく」

エレヴェーターは一階に停止した。ドアが開いた。乗って来る人はいなかった。

「喫茶店で待ってる」

「わざわざ苦いコーヒーを飲まなくてもいいのよ。このロビーにいて。すぐに来るから」

だから僕はロビーで待った。ほどなく彼女があらわれ、僕たちは正面のガラス・ドアから建物の外に出た。

「これは見ておかなきゃ」

交差点に向けて歩きながら、彼女が言った。

「ほんとに、提出するのね」

交差点で僕たちは信号が変わるのを待った。

「退社届を見せて」

と彼女に言われた僕は、ジャケットの内ポケットから、三つにたたんだ一枚の便箋を取り出した。それを彼女に手渡したとき、信号が変わった。交差点を渡りながら、退社届のきわめて定型的な文面を、彼女は読んだ。交差点を渡り終えて、

「印鑑を押すのよ」

と言い、その箇所を指先で示した。

「印鑑は会社のデスクの引き出しのなかにある」

「文具店で買えばいいのよ。この道をもう少しいったところに、小さなお店があったと思う」

文具店は確かにあった。僕たちは店に入り、ケースのなかにたくさんならんでいる印鑑の中から、僕の名前のものを選び出し、僕はそれを買った。中年の店主に彼女は、

「朱肉をお借り出来ますでしょうか」

と言った。

美人で姿のいい、しかも怜悧そうな印象の彼女のひと言と引き換えに、丸くて大きな黒いケースが、支払いの机の一角に置かれた。僕はその蓋をはずして印鑑を朱肉に押しつけ、彼女は自分の左手の親指のつけ根に、退社届の印鑑を押すべき箇所を載せた。

「強く押して」

と彼女は言った。僕はそのとおりにした。朱肉によって印鑑は、くっきりと捺印された。

彼女は店主に礼を述べた。

文具店を出てから、

「なぜ辞めるの？」

と彼女は訊いた。

「早朝会議は八時三十分からだった。隣の課が対抗して、早朝会議を八時から始めることにした。それに対抗して、僕のいる課は、七時三十分から、早朝会議を始めることになった。始業時間の一時間半も前から、会社に来なくてはいけない。これが俺のやりかただ、嫌な奴は辞めればいい、と責任者が言った。だから僕は挙手して、では僕は辞めます、と言った。辞めるなら会議室を出ていけ、と言われたのでデスクに戻り、新聞を読んで過ごし、九時過ぎに本社の人事部に電話をかけ、退社届にきまった用紙はあるのかと訊いた。便箋でいい、という答えだったので、退社届を便箋に書いた。きみが読んだとおりだよ」

「引き留められたでしょう」

「順番にいろんな人が慰留に努めたけれど、僕は辞める。嫌だから辞めるのではなく、自分はここにいるべきではない、と思うから辞める」

本社の建物は戦前からの由緒ある建物だった。すり減った階段を二階へ上がった。この建物のエレヴェーターは、まさに昇降機だった。ドアを閉じてボタンを押しても、動かないことがしばしばあった。

二階の人事部の受付は、戦前からある受付をそのまま流用していた。細かな目の格子の仕切りがカウンターに立ち、楕円形を半分に切ったようなかたちの窓口があった。その窓から退社届を差し出したぼくは、

「人事部長にこれをお渡しください」

と言った。

人事部長だという中年の男性があらわれ、僕の退社届を読んだ。

「結構です」

とひと言、彼は言った。僕の退社届は受理された。僕たちは階段を降り、本社の建物の外に出た。

「六月いっぱい」

「あと一週間ね。おめでとう」

「とは言え、まだ社員だからな」

「私は仕事場に戻ります」

と言った彼女は、

「コーヒーを飲みたい？」

と訊いた。

「つきあうわよ」

会社のある建物へと帰っていく途中に喫茶店があった。僕たちはそこに入った。テーブルに差し向かいとなり、

「あなたの会社の人たちは、まだここへは来ないわね」

と彼女は言った。

ふたりのコーヒーはすぐにテーブルへ運ばれて来た。白い指をまっすぐにのばしてコーヒーを指さし、

「この苦さを忘れないで」

と、謎のひと言を僕にくれた。

コーヒーは確実に苦かった。その苦さと重なり合う店内の音楽は、いまはザ・ジャズ・メッセンジャーズが演奏する『チュニジアの夜』だった。

アート・ブレイキー＆
ザ・ジャズ・メッセンジャーズ
チュニジアの夜
1960年

だからそこでは誰もが霧子だった

「自宅にいたか。俺だよ」

と友人が電話の向こうから言った。大学で四年間、おなじクラスだった友人だ。英語とフランス語の授業がこのクラスでおこなわれた、と僕は彼の声を聞いて思った。

「会社に電話したんだ。そしたら、六月三十日付けで退社しました、と言うじゃないか。驚いたよ。どうしたんだ」

「どうもしてない」

「元気なのか」

「いたって」

「出て来いよ」

「どこへ」

「どこでも。クラスの男たちを二、三人、呼んでおくから」

「みんな多忙だろう」

「平日の夜七時くらいなら、いつでも、どこでも」

「きめてくれ」

「出て来るかい」

「いくよ」

「霧子は？」

「誰だ、それは」

と僕は言った。それに対して、

「それがいまのお前の冗談か」

と友人は言った。

「高田馬場から学校へ歩いていく途中、ちょうどまんなかあたりで左の路地に入って、下り坂の始まるところの店」

「覚えてるよ」

「まだ忘れないだろう。卒業して四か月もたってない」

「そこへいくよ」

「七時でいいか。今日だよ」

「今日、七時、霧子」

「七時に霧子で会おう」

電話はそこで終わった。

午後に僕は外出した。仕事の話で何人かの人に会い、午後はやがて遅い時間となった。神保町から都電でいくつもりだったが、通学していた頃とおなじく、山手線で高田馬場までいき、そこから歩いた。

霧子にはふた組の客がいた。そのうちのひと組が、電話をかけて来た友人と、見たような顔の男性ふたりだった。

「お前が来るから、と言って呼んだら、このふたりが来てくれた」

「出席を取ろうか」

僕の冗談に友人たちは笑った。

「なじみの店だしな。教室のようなもんだ。ここにはいない奴の名も呼んでくれ。俺が代返しておく。俺の名は覚えてるか」

「お前は木村だよ」

「弥太郎というんだ、こいつは」

「三度笠だね」

「しかし、木村だからなあ。名刺を出せばそのたびに、名前のことでなにか言われるだろう」

「一宿一飯でござんす、と言われたことがある」

僕たち四人は笑った。ホステスに案内されて、店の奥のソファの席に四人はすわった。隣のホステスに、

「霧子さんは、どなたですか」

と僕は訊いた。

「あら、全員がそうよ」

と彼女は答えた。

「心のなかでは、誰もが霧子だから」

「このお店、名前が何度か替わってるわよね。最初のママさんが霧子さんだったかしら」

と、向かい側のホステスが言った。

「違うわよ。ママはおなじなの。店を開いたときの店名がダイアナで、一年後に名前だけ替わって、チャコ」

「スーチャンではなかったか」

と言った木村は、

「違う」

と否定された。

「他のところにもお店があって、そこの名前は、とてもとても、というんですって。人気だそうよ、客が多くて。そこへ移ろうかな」

「ここにいてくれ」

「なぜ？」

「きみは霧子じゃないか。霧子はここにいるんだ」

「霧子はもうどこにもいないわよ」

「霧子はこの俺、信じてくれた」

と、木村は八小節をいきなり歌った。そして、

「あの歌でいちばん好きなのは、ここだよ」

と言った。

「霧子さんはあなたの心の中に生きてるのね」

というホステスの言葉に木村は、

「心の奥に」

と言った。

「おなじことでしょう」

「違う、違う、中と奥とでは、ぜんぜん違う」

「つい一昨年のヒットね」

「江梨子という女もいたっけ」

「江梨子さんは亡くなるのよ」

「それは知ってる」

「きれいな名前よね、江梨子さんて」

「歌でもそう言ってるよ。いまでは逢えはしないけど、残る名前の美しさ」

と、木村はここでも八小節を歌った。

「レコードがあるわよ」

「この歌の？」

ホステスは首を振り、

「霧子さんの歌」

と言った。

「いろんな女がいたなあ。可愛いベイビーがいたし」

「子供じゃない女のこもいた」

「ポーラも」

「ルイジアナ・ママという女の人もいた」

「フジヤマ・ママを知ってるか」

「草を刈る娘とか」

「『赤いハンカチ』に女の人がいたでしょう」

とホステスのひとりが言った。

「いるよ」

「名前はなかった？」

友人は首を振った。

「あのこだよ。単なる、あのこ。あのこがそっと瞼を拭いた」

と言ったあと、

「死ぬ気になればふたりとも、霞の彼方にいかれたものを」

と、八小節を歌った。

「霞の彼方って、どこなの？」

「背広の胸にこの俺の、心に残るよ切ない影が」

「歌わないの？」

と、木村は隣のホステスに言われた。

「どこまでいっても、男の人はこの俺、なのね」

「この俺の友だちが、会社を辞めたんだよ。入社三か月で」

と言って、木村は正面から僕を指さした。

「なんと言って辞めたんだ」

「私儀今般」

と僕は言い、

「一身上の都合により」

とつけ加え、さらにひとつ、思いついた。

「お日柄もよろしく」

「吉日だったか」

「思い立ったら吉日なのよ」

「思い立ったが吉日、と言うんだ」

「そうなの？」

「そうだよ」

「あまり違わないと思うけど」

「きみが言ったのは、明らかに違ってる」

「さすがは、学があるわね」

「これからどうするんだよ」

と木村は僕に言った。

「どうもしない」

「なにかするだろう」

「なにをするのか」

「この店へ通えばいいのよ。いろんな霧子がいるから、ひとりずつ逢っていただいて。私だって、その気になれば、霧子なんだから」

「こいつは早くも無職の自由人だよ。来年あたりには、無頼の一匹狼か」

「どこかで霧子さんに逢ってるわよ」

「そしてそれは、きみなのか」

「私でよければ」

「幸福に霧子」

「それが最後のところね」

「お前、ダンパ専門のハワイアン・バンドをやってただろう」

と木村弥太郎は僕に言った。

「チーク・バンドだよ」

「なんだ、それ」

「チーク・ダンスのためのバンド。普通に出て来て普通に演奏して歌うんだけど、チーク・タイムが二度もあって、照明がどんと暗くなる。二曲続けてチーク・タイムだった」

「それが人気か」

「密かな人気、と言っておこうか」

「霧子の歌は、歌ったのか」

「歌ったよ。好きだから、という歌い出しを僕がオリジナル歌手を誇張して歌って、とても、とても、とても、という部分を、ベース、ドラムス、リズム・ギターの三人で順にまわしていく。次の、好きだから、を僕が歌って、別れて来たんだよ、という部分をリズム・ギターが歌う、というふうに、前半を僕、後半を三人でそれぞれまわしていく、という歌いかたをしてた。リーダーのスティール・ギターは、始終、知らん顔をして、泣きのスティールに徹してた」

「霧子はこの俺、信じてくれた、というところが、さっきも言ったとおり、俺はいちばん好きなんだ」

「もっとも好ましい関係は、信頼の関係だから、俺と霧子とのあいだにはそれがあった、と歌の中の俺は言っている」

「でも、その俺という男は、霧子とは別れたんだよな」

「俺という人は死の床にある。霧子に会いたい、と彼は言う。いますぐ汽車に乗っていきたい、と言う。愛してる、とも言う。死という言葉が三番の歌詞にあるよ。死ぬほど愛してる、と彼は言う。そう言えるのは、生きているあいだだけだ。霧子は心の奥に生きている、と彼は言う。もうおしまいだよ、あとはなにも言うことはない。だからこそ、幸福になっておくれ、という言葉が最後にある」

「お前はそんなふうに解釈するのか」

「とても、とても、とても、という部分の音譜を線で結ぶと、じつにきれいな曲線になる。とても、とても、とても、が一番と二番で繰り返され、三番では、いまも、いまも、いまも、となっている。この言葉にこういうメロディをあたえることが出来たのは、Cメイジャーの真骨頂だよ」

フランク永井
夜霧に消えたチャコ
1959年

鶴田浩二
弥太郎笠
（『決定盤 鶴田浩二のすべて』に収録）
1952年録音

森繁久彌
可愛いスーチャン
原曲／1937年頃

フランク永井
霧子のタンゴ
1962年

橋 幸夫
江梨子
1962年

ポール・アンカ
ダイアナ
1957年

中尾ミエ
可愛いいベビー
1962年

飯田久彦
ルイジアナ・ママ
1962年

弘田三枝子
子供ぢゃないの
1961年

ワンダ・ジャクソン
フジヤマ・ママ
1957年

ポールとポーラ
ヘイ・ポーラ
1963年

吉永小百合
草を刈る娘
1961年

田辺靖雄／梓みちよ
ヘイ・ポーラ
1963年

石原裕次郎
赤いハンカチ
1962年

彼は鎖骨の出来ばえを語る。隣の店ではボブ・ディランが語る

お茶の水駅から明治大学の前の坂道を降りて来た僕は、駿河台下交差点のすぐ手前にある交番の前で、男の声に呼びかけられた。親しみを込めたその声に僕は顔を向けた。右手を僕に差しのべて歩み寄る彼に関して、どこかで見た顔だ、とまず僕は思った。どこだったか、と記憶のなかを探すのと同時に、一度や二度ではない、何度も見た顔だ、ということに僕は気づいた。

そして思い出した。会社に勤めていた四月、五月、六月の三か月、営業の大部屋の奥のほう、第五販売部にいた、僕より五歳年長の男性だった。僕と彼は歩道の縁に立って向き合った。

「このところきみの顔を観ないので訊いてみたら、六月三十日付けで退社した、ということだった。こんなところで、ばったり」

と言った彼は、

「なにしてるんだ」

と訊いた。

「暇です」

「ぶらぶらしてるのか」

「それに近い状態です」

「俺は仕事で大学の教授に会いに来たんだ。あそこから都電に乗って、社に戻ろうと思ってた」

と、都電の停留所を示した。

「どうぞ、乗ってください」

「こんなところで、ばったり」

さきほどとおなじ言葉を彼は繰り返した。

「飲もうよ」

と彼は言い、顔の前で右手を振った。

「いまではないよ。いまはまだ午後三時すぎだ。俺はときどきこのあたりへ来るんだよ。大学が明治だからさ。このあたりはよく知ってる。ひとりでここへ来て、学生だった頃からの時間の経過というものを、そのつど噛みしめてる」

僕は彼の言葉の続きを待った。

「すぐそこに、いまも通ってる小さなバーがある。そこで会わないか」

「いいですよ」

「つきあってくれるか」

「はい」

「それはうれしい。今日の午後の七時に」

「何時でも」

「この角を右へいって、道を渡って右へいき、最初の裏道を左へ入ったすぐ右側」

彼は店の名をいった。

「場所は知ってます。その店の前を、何度も歩いてます」

「では今日は、ぜひとも店に入ってくれよ。ただし、ただの小さなバーだよ」

「入ります」

「七時に」

「はい」

「いいかい」

「いいです」

「それはうれしい」

と彼は言い、次のように続けた。

「積もる話はきみにはまだないとしても、俺には少しはあるからさ。退屈はさせない。美人の女将がいることでもあるし」

「七時に」

という僕の言葉に、

「おう」

と彼は言い、右手を差し出した。僕たちは握手をしてそこで別れた。

一時間のあいだを置いてふたりの編集者と喫茶店で打ち合わせをすると、午後六時前になった。僕はひとりで夕食をし、約束の時間より少しだけ早くに、待ち合わせのバーへいった。ドアを開いてなかに入ると、店のぜんたいを見渡すことが出来た。縦に長いスペースで、左側のカウンターの奥に中年の男性客が三人いて、カウンターのなかの中年の女性は、彼らと熱心に話をしていた。

ドアに向けてのびているカウンターは、ドアの手前で左へ直角に折れていた。その角から壁ぎわまでに三つのストゥールがあり，彼は壁ぎわのストゥールにすわって、水割りのグラスを右手に持っていた。彼の前に氷のバケツとウィスキーの瓶があった。

入って来た僕にひどく柔和な笑顔を見せた彼は、水割りのグラスをかかげてうなずいた。僕は彼の右隣のストゥールにすわった。カウンターのなかにいた女性がグラスとコースターを持ってきた。

「入社三か月で辞めた、かつての若い同僚」

と、彼は僕を示して言った。

「どうぞご贔屓に」

と彼女は笑顔を僕に向け、

「どこかの大学を出て就職して、すぐに辞めたのね」

と言った。そしてカウンターの奥の男性客たちの前へ戻った。

「どこかの大学を、と彼女は言っただろう。明治とは言わなかった。そこが彼女の鋭いところだ」

「そうですか」

「そうさ」

と彼は答えた。

「水割りは自分で作ってくれ。俺はごく薄いのから始めて、少しずつ濃くして五杯かな。最後はストレートをほんの少し口に含んで、終わりとしている」

僕は水割りを作り、彼はグラスをかかげ、僕たちは乾杯した。

「俺はきみより五歳年上だから」

と彼は言った。

「五年後のきみが体験出来なかったようなことを、五年前の俺は体験している。五年の差がもたらす体験の差だよ」

「なにか聞かせていただけますか」

「俺が二十三歳で新入社員だった頃、きみは十八歳か」

「そうです」

「そしていまのきみが、二十三歳だ。年月は巡ってるね」

と言って彼は笑った。

「二十三歳だった頃にも、俺にはいきつけのバーがあってね。五軒長屋のいちばん端の店だった。ウィスキーひと種類に氷とグラスだけで商売してた店だ。カウンターのなかにはひとりだけ女性がいて、なぜか美人だった。ほかにはなんにもなく、それが魅力だったと言えば言えなくもない。美人の彼女は見てるだけでも雰囲気があったから、ウィスキーを飲みながらときどき彼女を見て、ポケットのなかの柿の種をつまんでは口に入れて。カウンターと向き合ってる目の前の壁には、店の奥からおもてに向けて、まっすぐ斜めに出っ張った部分があって、それは店の奥から二階へと上がるための、狭い階段だった。二階は天井の低い小部屋だった。その五軒長屋で体を売る商売をしてた若い女性がふたりいてさ。五軒の酒の店の、どこに雇われてるわけでもないんだけど、五軒が彼女の仕事の現場でね。五軒を適当にめぐり歩いては、男のひとり客がいるとそのかたわらにすわって、膝を相手の太腿に押しつけ、ショートでどうお、と訊くんだ。ふたりいた女性は、よく似ていた。どちらも小柄だったけど、尻や胸は明らかに多産系で、肌が白くて。ある日、俺が気づいたのは、俺のいきつけのバーの二階が、彼女たちの仕事の現場になることがしばしばある、という現実だ。店のうしろの出入口から、あるときふと人が入って来て、人とは男と女のふたりで、女はふたりいた働く女性のどちらかで、ふたりで階段を上がっていき、三十分足らずだったから小半時という言いかたをしておくけど、小半時するとふたりは階段を降りて来て、男は裏口からそそくさと外へ出てそれっきり。女性のほうはバーの美人が裏へ来るのを待って、二階の利用代金を現金で手渡してた。そして彼女も裏口から姿を消していた。その五軒長屋のあった場所は特殊飲食街だったから、ほとんど名目だけの飲み屋の二階へ、それだけが目的の男客が女性とふたりで上がって小半時を過ごす、というシステムはとっくに確立されていた、ということさ。こんな話は退屈かい」

「興味深いです」

と僕は答えた。

「飲んでくれよ」

彼に促されて僕は水割りを飲んだ。

「いったんそのシステムに気がつくと、自分でも試してみたくなったんだ」

と彼は言い、次のように続けた。

「五軒長屋を仕事場にしていた若い女性はふたりいたけれど、俺がいきつけだったバーの美人によれば、姉妹ではなく、訛りもまったく違う地方よ、ということだった。いきつけのバーで二階へ、というわけにもいかないから、ある日の夜、五軒長屋のいちばん手前の、赤い提灯の下がってる飲み屋に入ったら、赤提灯とは名ばかりで、かすりの着物を着た肌の薄黒い細身の中年の女性に、もうひとり、いつも顔を見る若い女性が所在なく椅子にすわってて、俺が入って来ても、いらっしゃいませとも言わず、お酒はあとでいいわよね、とだけ言った。若い女性とすぐに二階へ、という意味だ。酒はあとにします、と俺は答えて、二階へ上がったよ。垂直の階段、つまり梯子が取りつけてあって、それを登るのさ。先に、と彼女に言われたし、靴は脱いで持ってて、とも言われた。そのとおりにして梯子を上がっていくと、天井の低い小部屋があった。なにもない部屋だったけれど、座布団だけは何枚もあった。いっぽうの壁には畳に接して横長の鏡があってさ。それだけだよ。脱いだ靴を置いておく新聞紙が広げてあった。そこに俺は靴を置いたよ。彼女は梯子を上がるときにサンダルを脱いで、素足だった。前開きの薄い生地のワンピースの前ボタンをすべてはずして広げると、そこにあるのは裸体だよ。仰向けになった彼女は、座布団を一枚引き寄せて半分に折り、頭の下に敷いた。枕だね。そして、天井が低いから腰をかがめている俺に向かって、早くしなさいよ、のひと言さ。早くしたよ、さっそくに。ところが、どこを見てればいいのか、という初めての体験があってさ。腰の強そうな髪がぶわっと頭ぜんたいにあって、細かくパーマがかけてあり、寝乱れた髪の色気なんて、どこにもないのさ。横を見ると壁の鏡に裸の自分が映ってるし、部屋のあちこちには、どこを見ても座布団があるだけで、結局この俺はどこを見たと思うか」

「わかりません」

「そんなにあっさりと降参するな」

「窓はなかったのですか」

「小さい窓があったけれど、そのときの俺の位置と姿勢からだと、夜空しか見えなかった。だから俺が見たのは、彼女の鎖骨だよ。肌の色は白くて、きめ細やかで、なぜか艶があり、のけぞった首は太くて丈夫そうだったけれど、鎖骨とその周辺には、ある程度まで雰囲気があった。だから俺は最後まで彼女の鎖骨を見ていた」

「参考になります」

と僕は言ってみた。

「そうか」

と彼は言い、

「鎖骨を見続けたのは、そのとき一度だけではなかったよ」

と続けた。

「次の回のときには、五軒長屋のこちらから二軒目の飲み屋に入った。やや年配の女性と若い女性のふたりがいて、低い椅子にすわった俺のかたわらに彼女が来て、膝を太腿に押しつけ、お酒はあとにしましょうよ、と言われてそのまま二階だよ。ここも垂直な梯子だった」

「そして鎖骨を見てたのですね」

「そのとおりだ。こうして、五軒長屋のこちらから二軒目、三軒目、そして四軒目と続いていき、五軒目はいきつけのバーで美人がいるから、そこでは二階を使うことはなかった。その二階も、ふたりの女性たちに、仕事場として使わせて代金を取っていた。ふたりの女性たちは、さっきも言ったとおり、よく似ていた。あまりにも似ていたので、俺には見分けがつかなかった。鎖骨の出来ばえも、よく似ていた」

「いまでもそこへいくのですか」

という僕の問いに彼は笑った。

「いかないよ。いかないかわりに、きみをつかまえ、こんな話をしている」

そう言って彼は水割りを深く飲んだ。グラスをコースターに置いて僕に顔を向け、

「さっきから隣の店の音楽が聞こえてるね」

と言った。

「客がいないときには、いまみたいに音量を上げるのだそうだ。男が歌ってるね」

「ボブ・ディランです」

「俺はその名を知らない」

「聞こえているのは彼の二枚目のLPです。この歌の題名は、『ボブ・ディランのブルース』といいます」

「歌と言うよりは、語りに近いね」

次の歌でA面は終わりだ、と僕は思った。

ボブ・ディラン
ボブ・ディランのブルース
(『THE FREEWHEELIN' BOB DYLAN』
に収録)
1963年

1964

バラッドは彼女の全身に吸い込まれていった

約束の時間に十数分遅れて、僕はエレヴェーターを降りた。正面にあるドアは会社のドアだった。社名を手書きした白いプラスティックのプレートが、ドアに取り付けてあった。左右にはひとつずつドアがあり、どちらもバーのドアだ。会社のドアは既製品のドアだったが、二軒のバーのドアは、どちらも意匠をこらしたものだった。

左のドアを僕は開き、なかに入った。今日で三度目の店だ。うしろ手に僕はドアを閉じた。まだ早い時間だから客はいなかった。カウンターのなかに若い女性がひとりだけいた。今日で三度目の彼女だ。

僕を見て彼女はごく淡く微笑した。そして片手で、どのストゥールもまだ空いているカウンターのぜんたいを、示した。なかほどのストゥールを選んで僕はそれに歩み寄り、かたわらに立った。彼女が僕の前へ来た。

「反射的に笑顔になって、いらっしゃいませ、と明るく言うことが、私には出来ないのよ」

と彼女は低い声で言った。

「しなければいい」

「してないわ。出来ないから」

「だったら、それでいい」

「本当？」

「本当だよ」

僕はストゥールにすわった。

「お酒？」

という彼女のひと言に、

「しかたなく」

と僕は言ってみた。

ほんのりと、そして存分に遠く、彼女は微笑した。

「先日のとおなじでいい？」

うなずいた彼女は、背後の棚を振り返った。そのなんでもない動作の美しさが、胴から軽くひねった上半身に、そのままあらわれていた。右手をのばして一本の瓶を指先で示し、

「先日のは、これよ」

と言った。

ごく平凡なブレンデッド・ウィスキーだった。その瓶を彼女は手に取り、カウンターの奥へ歩いた。ウィスキーを注いだ小さなグラスとコースターを持って、僕の前へ戻って来た。コースターを丁寧に敷き、その上に、両手の指先で支えたグラスを置いた。僕はそれを見つめた。

「遠い思い出だ」

と僕は言った。

「なにが？」

という彼女の問いが、僕と彼女とのあいだに優しく漂った。

「先日が」

「先日とは、先週のことね」

「そうかな」

「お待ち合わせ？」

「先週の彼と」

「あいつ」

「そう、あいつ」

「いいお友だちなの？」

「仕事でも、そうではないときでも、彼といっしょのことが多い」

棚の前に立っている彼女を僕は観察した。長袖の白いシャツの肩に、届いていそうでじつは届いていない髪の様子は、観察するに値した。シャツが端正に包んでいる肩幅には、よく見ると精悍な印象があった。その肩の下に続く胸の骨格の厚みが、けっして細いだけではないはずの両腕と、美しく均衡していた。シャツの裾がストーム・グレイ色のスカートのなかへと、胴に沿って絞り込まれていく現実を、僕は視覚をとおして受けとめた。僕に顔を向け

た彼女は、

「レコードをかけていいかしら」

と訊いた。

「僕がここで聴いていてもよければ」

と僕は答えた。

「部屋から持って来たLPがあるのよ」

と彼女は言い、奥の棚へ歩いた。棚の両端にスピーカーがあり、その中間のスペースに増幅器とターン・テーブルがあった。ターン・テーブルの前に立った彼女は、スピーカーに寄せて立てかけてあったLPをジャケットから抜き出し、ターン・テーブルに置いた。増幅器とターン・テーブルの電源をオンにし、ターン・テーブルを回転させるスイッチを左手の指先で押し、カートリッジの針先をLPのリード部分の溝へ、おだやかに降ろした。そして増幅器の音量を上げた。


最初の曲、Say Itが聴こえ始めて、僕は驚いた。このLPは僕も持っていた。何度も聴いた。しかし、いま自分が受けとめているような体験は、初めてだった。テナー・サックスとピアノ、それにベースとドラムスの四人によって作られていく、静かなバラッドの音のつながりと重なり合いが、彼女の立ち姿ぜんたいのなかへと吸い込まれていくのが、ほんの一瞬、目に見えたからだ。

ＬＰレコードの音溝から再生され、スピーカーから空中へと解放される演奏音は、そのすべてが彼女に吸収され、彼女の内部へと深く浸透したのち、彼女というひとりの人の造形ぜんたいを作り上げる作用に大きく寄与していた。再生されていく演奏音を聴くとは、その演奏音によって彼女の造形が作られていく現場を、目のあたりにすることだった。

四分十数秒で最初のバラッドは終わった。

二曲目の前にある無音の溝をカートリッジの針先がトレースしているとき、カウンターの端に置いてある電話機の呼出し音が鳴った。彼女は電話機へ歩き、受話器を左手で取って耳に当てた。低い声で短く応対した彼女は、受話器を持った左手を腰のあたりへ降ろし、右手で送話口をふさぎ、僕に顔を向けた。ＬＰの二曲目の再生が始まった。

「ひとりで待ってる男がいるだろう、と言ってるわ。あいつが」

と彼女は言った。

ストゥールを降りた僕はカウンターの端まで歩き、そこに置いてあった受話器を手に取って耳に当てた。

「三十分遅れる」

と、電話の向こうで彼が言った。ターンテーブルの上のＬＰから二曲目の再生が始まった。

「ということは、一時間か」

「すまない」

「美人とふたりでレコードを聴いている」

「いま聴こえてるのはコルトレーンだろう」

「そうだよ」

「A面B面を聴きとおしたあと、もう一度繰り返して聴くといい」

「そうしよう」

そこで電話は終わった。黒い受話器を電話機に置き、僕はカウンターのストゥールに戻った。棚の前に立っている彼女は体の右側を僕に向けていた。僕の位置からその彼女の全身を見ることが出来た。スピーカーから再生される演奏音を僕が受けとめるのは、じつはほんのおこぼれであり、大部分は彼女の全身に吸い込まれていった。その様子を僕は見守った。

ジョン・コルトレーン
Ballads
1963年

ひょっとして僕は、甘く見られているだろうか

国鉄の駅の北口を出た僕は、線路の高架に沿って歩き、四車線の道路に突き当たり、その歩道を左へ向かった。最初の交差点にさしかかり、その横断歩道の縁に立ちどまった。信号が変わるのを待った。

背後から音楽が聞こえた。すぐうしろの歩道に面してレコード店があることは、以前から知っていた。音楽はそのレコード店からのものだった。店の外のどこかにスピーカーがあり、店内で再生するレコードを、歩道をいく人たちに向けて放っていた。

男性四人のコーラスだった。日本の人たちではない、と僕は直感した。彼らは日本の人たちではないが、日本語で歌っていた。四声のハーモニーはめりはりが隅々まで利いて、動的な前進力をたたえていた。低音がいい、と僕は思った。

なんという歌だったか、その題名を僕は頭のなかに探した。何度か聴いた歌だ。『北へ』という題名が浮かんだ。内容は似ているが、これは別の歌の題名だ。ただし、北、という文字は題名のなかにあったはずだ、と僕は思った。四人の歌声を僕は聴いた。

歌っている外国の人たちは、これがどんな歌なのか、およその内容は教えられて知っているはずだ。しかし、言葉ひとつひとつの意味、そしてそれらのつながりが生み出すぜんたい

の情緒などについては、まったくと言っていいほどに、知らない人たちだ。その彼らが、音声で覚えた日本語で、その歌を歌っていた。

短い歌だった。信号が変わる前にその歌のレコード再生は終わった。僕は題名を思い出そうとしたのだが、題名は出て来なかった。交差点の横断歩道を渡る人たちにとっての信号が、緑になった。待っていた人たちは横断歩道を渡っていった。

僕は歩道の背後にあるそのレコード店に向かった。ガラスの自動ドアを入り、奥にいた店主に、次のように言った。

「いま再生されていた男性四人のコーラスのレコードを買いたいのです」

店主は僕を見た。そして、

「ああ」

と言い、

「いまの歌。『北帰行』ね」

と言った。

そうだ、題名は『北帰行』だ、と僕はひとりで思った。

洋楽の七インチ盤がたくさん詰まっている何列もの長い箱のなかから、店主は素早く一枚を抜き出し、

「これね」

と僕に差し出した。

『北帰行』を歌っている男性たちがフォア・ラッヅだと知って、僕は少なからず驚いた。フォア・ラッヅに関しては、高校三年生の頃、『モーメンツ・トゥ・リメンバー』というヒット曲を、自分のテーマ・ソングのように受けとめていた時期があったからだ。

このレコード店で買ったこの七インチ盤を、それから半日、僕は持って歩いた。レコード店の紙袋に入った薄くて軽い七インチ盤を、僕は指先につまむようにして持った。待ち合わせの場所として編集者に指定されたバーに、午後六時に入ったときにも、僕はそのレコードをそのように持っていた。

「六時から開いてるよ」

と編集者は言っていた。店は開いていたが、客はまだひとりもいなかった。ひとりだけいたホステスが僕の相手をしてくれた。

「待ち合わせよね」

と彼女は言った。

待ち合わせだからここへ来た、という意味合いが僕のいたるところにあったはずだ。

「レコードを買ったの？」

と、カウンターのなかから、彼女は七インチ盤の紙袋を示した。

「交差点で信号が変わるのを待ってたら、うしろのレコード店から聞こえて来た。気に入ったので買った」

「聞かせて」

店の再生装置で彼女はそのレコードを再生した。短い歌をスピーカーの前で聞き終え、ターンテーブルを停めて僕に顔を向け、

「いいわね」

と笑顔で言った。

「もう一度」

と彼女は言い、ターンテーブルの上の七インチ盤のA面を、ふたたび再生した。再生はすぐに終わり、

「いいわねえ」

とおなじ言葉をくりかえしてターンテーブルを停め、レコードを外して指先に持ち、彼女は僕の前まで戻って来た。

いいとは、どういうことなのか、彼女は自分の言葉で説明した。

「エトランゼが意味もわからずに、しかしうまく歌ってるところが、いいのよ」

紙袋にレコードを戻した彼女は、

「たまらない」

とつけ加えた。そして、

「これ、私に頂戴」

と言った。

「部屋に持って帰って、何度も聴くから」

「あげようか」

「ね」

「ひょっとして僕は、甘く見られてるだろうか」

という僕の言葉に、彼女はきわめて魅力的に笑った。

「頂戴、と言ったら、くれそうな雰囲気だったから」

「あげるよ」

と僕は答えた。

「もう一度、聴きましょう。短いのね」

「二分十五秒あるかな」

ターンテーブルへ歩いていく彼女の、良く出来たうしろ姿を見ながら、おなじ七インチ盤を明日ふたたび、あの交差点に面したおなじレコード店で買えばいい、と僕は思った。

フォア・ラッズ
北帰行
1964年

僕はいま拍手をしています。聞こえてますか

待ち合わせの喫茶店は東銀座にあるいつもの店だった。待ち合わせの相手は、創刊されて二年になる週刊誌の編集者だった。ツイードのジャケットを着たその彼が、喫茶店の前にひとりで立っていた。歩み寄った僕に、

「コーヒーはあとにしよう」

と彼は言った。

「それに今日はなぜか客でいっぱいだ」

背後の喫茶店を肩ごしに右手の親指で示して、彼は言った。

「もうひとり来る。ここで待つ。来たら三人でタクシー」

待つほどもなく、その人はあらわれた。軽いコートにパンプスの足運びの美しい、雰囲気のある美人だった。彼が彼女を紹介してくれた。静かな人だ、と僕は感じた。くっきりとした巧みな化粧は、彼女の美しさを充分に引き立てていた。歩道の縁で彼はタクシーを停めた。彼が前の席に、そして彼女がうしろの席の奥に入り、その左隣に僕がすわった。

「御徒町。アメ横。近くなら、どこでも、停めやすいところで」

と、彼は運転手に告げた。秋の平日、午後の東銀座から、タクシーは走り始めた。シート

ごしに振り返った彼は、

「外国の化粧品を買いにいくんだ」

と彼女を示した。

「あなたはなにも買わないの？」

「外国のキャンディでも買うか。これは珍しい粒ガムだと思ったら、下剤だったりして」

と言った彼は、

「彼女は歌手なんだよ。ソプラノ」

と僕に言った。

「単なるソプラノではなく、自由に華やかに、いっせいに鮮やかな花が咲いたような歌いかたの、ソプラノ。レコード会社のスタジオで歌謡曲のバックアップ・ハーモニーから、シャンソン喫茶でソロで歌うところまで、なんでも。聴きにいこう。銀巴里に出てるよな」

という彼の言葉にうなずく彼女の横顔を僕は見た。彼女を中心に、ほのかに香水が漂っていた。

席のなかで正面を向いた彼は、その姿勢のまま、

「歌いかたを変えろよ」

と彼女に言った。

「どんなふうに？」

低い声で彼女が訊き返した。

「客席とステージが画然と分かれていて、なおかつ段差があって、さあ、歌うぞ、さあ、聴け、というスタイルではなく」

「ステージに出れば、その前には客席があるのよ」

「もっと親密に。客席とおなじ次元に歌手がいるといい」

「小さなクラブのように？」

「そうだね。さあ、歌うわよ、ではなくて、気がついたら歌ってるような」

「そんなお店が、あったらいいわね」

昭和通りを江戸橋に向かい、日本橋を渡り、一号線に入ってタクシーは直進した。日本橋、神田と抜けていき、春日通りとの交差点を越えたところで、タクシーは停まった。僕たちはそこで降りた。御徒町駅の下をくぐり、アメ横に向けて歩いた。

彼女は外国の化粧品を買った。何軒かの店をめぐり、大きな茶色の紙袋がやがていっぱいになった。それを彼が胸にかかえた。彼は外国の菓子を買い、かかえている袋に入れた。

高架下に小さな店がぎっしりとならんでいた。そのなかの狭い通路を縫っていくと、ナイフの店があった。僕はその店に入り、彼と彼女は向かい側の化粧品店で品物を見た。

ケイスというアメリカ製の小さなポケット・ナイフが気に入り、僕はそれを買った。大小二枚の刃があるだけのナイフだ。四十代の男性の店員が僕に言った。

「こういうのをひと目見て買う日本人は珍しいんですよ。このナイフをなにに使うのか、訊いていい？」

「これで鉛筆を削ります」

と僕は答えた。

ガラス・ケースの縁に沿って両腕をのばし、上半身をケースに向けてなかば伏せ、頭を垂れて店員は笑った。やがて顔を上げ、

「これが鉛筆削りになるのかあ」

と言って、なおも笑った。

僕たちはやがてアメ横を出た。

「どこかでコーヒーだろう」

と彼は言い、

「土地柄にふさわしく、大きな店に入ろう」

とつけ加えた。

「ここだよ、これ」

と彼がうれしそう指さした大きな喫茶店が、すぐに見つかった。店内は広そうに思えた。女性の店員がドアを開いてくれた。

広い店内を回廊が取り巻き、回廊のどこからでも、低くなっている店内の席を見下ろすこ

とが出来た。空いている席を見つけ、そこへ向けて僕たちは回廊から降りた。僕と彼女が隣どうしにすわり、彼が斜めに向き合った。水のグラスを持って来たウェイトレスに、おなじコーヒーを三つ、注文した。

僕の右隣で彼女はふと僕に体を向け、鼻唄で歌い始めた。

「霧降る夜のこの街角に」

という歌い出しのひと言が、僕を完全にとらえた。歌詞そのものは平凡だが、彼女の声と歌いかたには、尋常とは言いがたい魅力があった。

「今日もまた私ひとり

ああ、あの人の思い出に誘われて

ついひとりで来てみたけれど」

つぶやくような彼女の歌声によって、彼女の内部のどこか深いところへ連れていかれた僕は、そこで彼女の体温が自分の体温と重なるのを感じた。しかし彼女の体温は僕の体温とひとつに溶け合うことはなく、重なったままそこにあり続けた。

テーブルに僕たちのコーヒーが届いた。ウェイトレスが三人の前それぞれに、おなじコーヒーを置いた。そして僕のかたわらで彼女は、けだるく歌った。

「なぜかしら、痛むのよ

黒い心の傷あと」

歌い終えた彼女に向きなおり、

「僕はいま拍手をしています」

と僕は言った。

「聞こえてますか」

彼女は淡く微笑した。

「いまの歌いかたでいいんだよ。それをマイクで拾えばいい。客席にいる客たちに対して、どんな位置から歌うか、だよな。ステージはほの暗くして、ヴァイオリンとアコーディオン、そしてベースの三人がいて、歌手は六曲歌うとして、客のテーブルごとに、椅子にすわって一曲ずつ歌う、というのはどうか」

と言った彼に、

「たまにいるのよ。私の鼻唄を好いてくださるかたが」

と彼女は言った。

「僕も褒めた。彼も褒めた」

「今日はいい日よ」

「化粧品はたくさん買ったし」

「あなたはなにかお菓子を買ったでしょう」

彼女にそう言われて、彼は紙袋のなかからヴィニールの青い袋をひとつ、取り出した。なかにたくさん入っている小さなマシュマロで、その袋はふくらんでいた。

「それを、どうするの？」

と、呆れた口調で彼女は訊いた。

「食べるんだよ」

「わかったわ。いきつけのバーのカウンターで」

「爪楊枝にひとつ刺したのを、ライターあるいはマッチの炎でごく軽くあぶる。マシュマロ・トーストさ」

「お好きになさい」

「食べるかい」

彼の言葉に彼女は首を振った。こんなとき、彼女はもっとも魅力的だった。

「いまの歌は『黒い傷あとのブルース』というんだ。小林旭が主演した日活映画の主題歌で、旭が歌った。もとは確かフランス映画の主題曲だ。それに日本語の歌詞をつけた。作曲者の名を覚えてる。シャハテル。ジャックだったか、ジョンだったか。彼女が歌うのを聴きにいこう」

と彼は僕に言った。

「いつでもいらして」

「彼とふたりでいくよ」

「私の歌を聴いたあと、いきつけのバーでマシュマロをトーストするの?」

「そうなるかな」

「だとしたらその夜のあなたは、小さなマシュマロのたくさん入った袋をどこかに持って、私の歌を聴くことになるのよ」

「マシュマロにとってもそれは好ましいことだ」

と彼は返した。

そして彼は話題を変え、次のように言った。

「さっきから店内用の音楽を聴いてるのだけど、ラテンが続けて七曲、かかった。七曲ともおなじオーケストラだよ」

「ラ・クカラーチャがあったね。それから、エストレリータ。エル・ランチョ・グランデ。七曲目がラ・パロマで、そのあと別のオーケストラになった。まるで違うオーケストラだよ。人数が倍以上だ」

「きみは中波のラジオで、こういう曲ばかりかける番組の選曲を担当したじゃないか」

と彼は言った。だから僕は次のように答えた。

「きみが言った最初の七曲は、パーシー・フェイスのオーケストラだ。メキシコの曲が中心になってた。その次のバンドはロシアの音楽で、これはウーゴ・モンテネグロのオーケストラだ。チャイコフスキーやラフマニノフがあったね」

「ヴォルガの船歌が六曲目で、そのあと、いま聴いてるこのオーケストラに変わった。これもラテンかな」

「最初の曲がワン・ノート・サンバで、次がモア、そしてイエロー・バードがあって、いま聴こえてるのは、アンナだよ」

「いいオーケストラだね」

「モートン・グールドだろう」

と僕は言った。

「あそこでLPを再生させてるんだ。あのブース」

彼は右腕を上げて指さした。店内ぜんたいを見下ろすことの出来る高さに張り出した、ガラス張りのブースを僕も見た。店内用にLPを再生させている場所だった。ブースのなかに女性がふたりいた。

「ターン・テーブルがおそらく三台、ならんでるんだよ。パーシー・フェイスのA面、ウーゴ・モンテネグロのA面、そしてモートン・グールドのA面が、三つのターン・テーブルに置いてある。パーシー・フェイスのA面が終わると、アンプの音量をゼロにすると同時に、モンテネグロのLPのA面最初の曲のリード溝にピックアップの針先を降ろして、アンプの音量をさきほどまでとおなじ位置に上げる。終わったA面から次のLPのA面へと、間断なくつながっていく。モンテネグロが終わると、モートン・グールドのLPへと、さきほどとおなじ作業を繰り返す。モンテネグロのLPが再生されてるあいだに、パーシー・フェイスのLPをB面へと引っ繰り返す。こうして三枚のLPは、A面が再生され、次にB面が再生される。三枚とも両面が再生されると、LPは次の三枚へと交換される。この作業を一日じゅう、やってるわけだ。ブースのなかにいるのは、専任の女性たちだね」

「LPは彼女たちが買いにいくのか」

僕の言葉に彼は首を振った。

「近くのレコード店が、新しいのを持って来るんだ。こんなのが入荷しました、いかがですか、と」

「なるほど」

「店の好みはきまってるのだから、選ぶのは簡単だよ」

彼の推測を受けとめながら、僕はガラス張りのブースのなかの女性を見た。

「いまのこの曲が六曲目だ」

その曲の再生が終わった。僕と彼はブースのなかの女性の動きを見守った。僕のかたわらの彼女も、おそらく見ていたと思う。アンプの音量をゼロにすると同時に、左端にあって回転している三台目のターン・テーブルのリフターを上げ、右端のターン・テーブルを回転させ、一曲目のリード溝に針先が降りるようにリフターを下げ、アンプの音量つまみをもとの位置に戻した。

「ほら」

と彼が言った。

「パーシー・フェイスのLPの、B面の一曲目だ」

「ノーチェ・デ・ロンダ」

と僕のかたわらで、彼女が低い声で言った。

「一度だけ歌ったことがあるのよ」

小林 旭
黒い傷痕のブルース
1961年

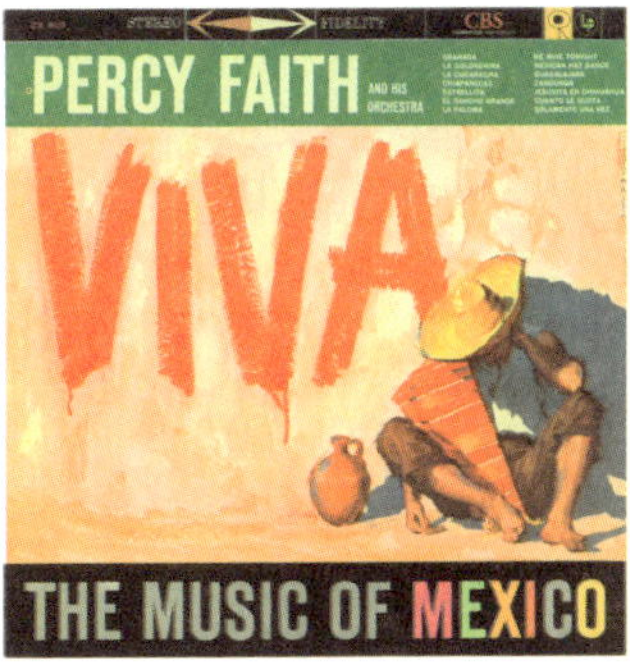

パーシー・フェイス・オーケストラ
情熱のメキシコ
1958年

ウーゴ・モンテネグロ
RUSSIAN GRANDEUR
1964年

モートン・グールド
Latin, Lush, and Lovely
1964年

みなさんのお店ですから、気をつけてください

喫茶店の店内スペースのいちばん奥で壁を背にして僕は席にすわり、二百字詰めの原稿用紙に鉛筆で原稿を書いていた。鉛筆は芯が短くなり、先端は太くなってもいた。この鉛筆を削ろう、と僕は思った。

チーノのポケットから僕はポケット・ナイフを取り出した。小さいほうの刃を引き出して鉛筆を削り始めたとき、店内用の音楽がハワイアン・バンドのＬＰに代わった。最初の曲は『カイマナ・ヒラ』だった。日本の女性歌手がハワイ語で歌っていた。

削れていく鉛筆の小さな木屑を、僕はフロアに落とした。軽く滑らかに削れていく心地良さを、指先から全身へと還流させながら、なおも鉛筆を削ろうとしていた僕の目の前に、透明なガラス製の、分厚く大きな灰皿が、いきなり差し出された。

僕は顔を上げた。入念に化粧した美人のウェイトレスが、右手で灰皿を差し出して、僕の顔をまっすぐに見ていた。

「これに削ってください」

と彼女は言った。

まったくなにも考えず、したがって完全に反射的に、

「なぜですか」

と僕は彼女に訊いた。

と同時に、『カイマナ・ヒラ』のハワイ語の歌詞が、僕の体のなかに流れ込んで来た。歌詞は二番になっていた。

『イワホ　マアコウ　ワイキキ　エア』

「削り屑がフロアに落ちるじゃありませんか」

と彼女は言った。

『ア　イケ　イカ　ナニ　パパ　ヘエナル』

彼女のその言葉から一拍遅れて、

「気がつきませんでした」

と僕は答えた。

『パパ　ヘエナル　ヘエ　ヘエ　マリエ』

「みなさんのお店ですから、気をつけてください」

そう言った彼女は、僕のコーヒーのかたわらに、その大きなガラスの灰皿を置いた。『カイマナ・ヒラ』の歌詞は三番となった。

『イワホ　マアコウ　カピオラニ　パカ　ア　イケ　イカ　ナニ　リナ　ポエポエ』

僕はあらためて彼女の顔を見上げた。化粧した若い美人の顔には、義憤がその隅々までいきわたっていた。

「気をつけます」

と僕は言った。四番の歌詞を僕の全身が受けとめた。

『ハイナ　イア　マイ　アナ　カプアナ　ア　イワ　イカ　ナニ　カイマナ　ヒラ』

目的を達したウェイトレスは、パンプスにタイト・スカートも凛々しく、歩み去った。

『カイマナ　ヒラ　カイマナ　ヒラ』

このとき以来、喫茶店をはしごして原稿を書くための鉛筆を、僕は外で削るようになった。外とは、初めの頃は、歩道の縁に立っている街灯や電柱のかたわらであることが多かったが、やがて裏道が、鉛筆を削る場所となった。

どこでもいいから裏道を歩いているとき、そうだ、鉛筆を削っておこう、と思いついたなら、その都度、道の縁に寄って立ちどまり、ポケット・ナイフのスモール・ブレードを開いて、僕は鉛筆を削った。

エセル中田
カイマナ・ヒラ
1958年

エセル中田
カイマナ・ヒラ
1958年
（別ジャケット）

今日という日がすべてひっくるめられた一曲とは

パンツそして靴下を履いた。シャツを着て下からボタンをかけていき、いちばん上だけ留めずにおいた。スラックスを履き、シャツの裾をなかに入れ、ジパーを閉じてベルトを締めた。幅の広い革のベルトだ。このベルトを使うために、何本かのスラックスのベルト・ループを、充分な長さのあるものに取り替えてもらった。

ジャケットをはおった。ジャケットの上に置いてあった黒いニットのタイは、四つに折ってジャケットの内ポケットに入れた。洗面台へいってみた。自宅の洗面台とはまったく異なる、旅荘の洗面台だった。鏡に映る自分も、どこか自分ではないように思えた。

彼女の声が奥の部屋から聞こえていた。僕が服を着る以前から、彼女は電話で喋っていた。敷布団の上に大きな赤い掛け布団を広げ、その上に裸でうつ伏せの大の字で、枕もとに電話機を引き寄せ、右手に受話器を持ち、熱心に相手と話をしていた。仕事の話だ。

僕は洗面台からその部屋へいってみた。彼女はさきほど見たままだった。完全な裸で枕を支えにしてうつ伏せで、両脚はいちだんと大きく開いていた。電話で話を続けている彼女が左腕をいっぱいにのばすなら届く位置に、江戸時代のような雪洞があり、なかには二十ワットの電球が灯っていた。

部屋のなかはほの暗かった。その暗さを彼女の裸がすべていったん吸収し、肌の奥深い白さとして放っているかのように見えた。裸体のぜんたいは心理的に感じる奥行きの深さであり、ついさきほどまでは、高まりゆく快感という、いまここの具体性の極みだった。

僕は控えの間に戻った。ソファの上に彼女の服が脱いであった。部屋の隅へいき、冷蔵庫のドアを開き、冷えているビールを一本、取り出した。冷蔵庫の上にあった栓抜きで栓をはずし、グラスとビールの瓶を持って、僕は彼女のかたわらへ戻った。

枕もとにしゃがんだ僕は、うつ伏せの彼女にビールの瓶を見せた。彼女の視線はビールの瓶をとらえ、何度かうなずいた。僕はグラスも見せた。さらに彼女はうなずいた。そして左手で、ビールをグラスに注ぐしぐさをしてみせた。僕は冷えたビールをグラスに注ぎ、枕もとの畳に置いた。彼女は左手をのばしてグラスを指のなかにつかみ、上体を枕から上げて反らし、ビールを飲んだ。一連の動作は堂に入っていた。

グラスを畳に置いた彼女は、電話で話を続けながらうつ伏せのまま、耳に当てている受話器を左手に持ち替え、自由になった右手を、僕に向けて何度か振った。それを見届けて僕は控えの間に戻った。黒電話の受話器を取って耳に当て、電話に出た受付の女性に、

「ひとりだけ先に帰ります」

と言い、受話器を置いた。

ほどなく部屋のドアにノックがあった。開けると係の女性がいて、僕の靴を沓脱ぎに置い

てくれた。

「おひとりだけお帰りですか」

と彼女は僕に言った。

靴を履きながら、

「そうです」

と僕が答えると、

「お連れさま」

と、大きな声で奥の部屋を呼んだ。

「はーい」

と返事があった。

「おひとりお帰りですけど、よろしいですね」

大きな声の問いにもう一度、

「はーい」

と、おなじ調子で返事があった。

靴を履いた僕は部屋の外に出ていた。係の女性も出て来て、内側のドア・ノブのまんなかに突き出ているつまみを押し込み、右へ回転させた。

「自動ロックです」

と彼女は言い、僕の先に立って歩いた。旅荘の複雑な入口を入ったところで、

「ありがとうございました」

と彼女は言い、僕もおなじ言葉を返した。入って来る客とすれ違うことのない入口を、僕は外へ出た。

長い坂になっているおもての道まで出ていき、その坂を下り、駅前の広場に向けて交差点を渡った。そして駅に入り、切符を買い、乗るべき電車のプラットフォームへ階段を上がった。

午後、友人の編集者が、電話で言った。

「待ち合わせのような、そうでもないようなことにしておこうか。店へ来てくれれば、俺はかならずそこにいるよ。会えれば、うれしい」

二、三日前には会っているのだが、かならずいると彼が言った酒の店へ、僕はいくことにした。新宿で電車を降り、東口から駅を出て、すでに始まっていた夜のなかを歩いた。

彼は店に来ていた。店は混んでいた。僕を目ざとく見つけた彼は手を上げてみせた。奥の席で何人かの人たちと楽しそうに談笑していた。

「これは珍しい」

と、僕のかたわらで中年の男性が言った。年上の知人たちが連れていってくれる酒の店のほとんどで、僕はこの男性をしばしば見かけていた。彼も僕は目にしていたはずだから、僕は彼にとってけっして珍しくはなかったはずだ。

「おひとりなら私もひとりです」

そう言って彼はストゥールを右隣へ移り、空いたストゥールを僕に示した。僕は礼を言ってそこにすわった。顔見知りのホステスが僕に水割りを持って来てくれた。僕とその中年の男性は、しばらく話をした。

そして友人が、グラスを片手に、僕のかたわらへ来た。

「よかったら、しばらく、話をしようか」

と彼は言った。そして僕の右隣にいる男性に、

「僕としては今日初めての仕事の話です」

と言った。男性はさらにひとつ、右のストゥールに移り、友人は空いたストゥールにすわった。持っていたグラスをカウンターに置いた。そのグラスを彼は指さし、

「今日という一日が、すべてひっくるめられて、このグラスのなかにある」

と笑いながら言った。

友人の言葉を僕は頭のなかで言い換えた。

「今日という一日が、すべてひっくるめられて、この歌のなかにある」と。この歌とは、そのとき店のなかで聞こえていた、ザ・ロネッツの『ビー・マイ・ベイビー』だ。

ザ・ロネッツ
ビー・マイ・ベイビー
1963年

クリーム・ソーダは美しい緑色のフィクションだ

僕との打ち合わせを終えた彼は、テーブルに置いてあった航空便の封筒の端を指先につまんだ。そして顔の高さまで持ち上げた。封筒は彼の指先から斜めに垂れ下がった。

「今日の夜は？」

と彼は言った。

「これと言って、別に用事はない」

「だったら、先日のキャバレーへ、いってくれないか。指名して一杯飲むだけでいい。支払いはこれ」

と、指先から垂れている封筒を左右に振った。

「三万円、入ってる。二万円は先日までのつけだが、これで充分なはずだ。残りの一万円は、きみの一杯だけの飲み代と指名料だ。それに、次の日の彼女のパーマ代を加えてもいい」

僕は封筒を受け取った。

「今夜、いけるかい」

「どうかなあ」

「明日の午後にしようか。今夜無理して店へいくこともないだろう」

「そうだね」

「彼女には電話しておく」

「彼女の名は、なんといったっけ」

「百合子だよ。ペンネームみたいなもんだ」

「明日の午後、どこで」

という僕の質問に、喫茶店の名前を彼は答えた。百合子が働いているキャバレーの近くにある喫茶店だ。

「電話しておく。そこで午後二時でいいか」

次の日、午後二時前に、僕はその喫茶店にいた。席についてから、黒いナイロンのウインドブレーカーを脱いだ。気温の高い晴天の日だった。彼から預かった航空便の封筒を、テーブルの上に置いた。

時間どおりに百合子は来た。店内を見渡し、僕を目にとめ、笑顔になった。僕が記憶していたよりも静かな笑顔だった。差し向かいにすわる彼女の身のこなしに、そうだ、この女性だった、と僕は思った。

「百合子さん」

「はい」

「ペンネームだって？　彼がそう言ってた」

微笑している彼女に僕は航空便の封筒を差し出した。

「彼から預かった。先日までのつけと、今日の美容院代」

「あら、あら」

そう言って彼女はなかをあらためた。

僕はコーヒーを、そして彼女はクリーム・ソーダを注文した。僕は彼の言葉を思い出した。百合子は絶対にクリーム・ソーダを注文するよ、と彼は言っていた。

「お家からここまで、遠いでしょう」

と彼女は言った。

「遠いよ」

「今日は、あのかたの、お使いさんなの？」

僕はうなずいた。

「そう、お使いさん」

「なにかおごってあげるとしても、ここではコーヒーね」

「気持ちだけで充分」

彼女のクリーム・ソーダがテーブルに届いた。僕は彼女を見ていた。きれいに透き通った緑色のソーダの上に、アイスクリームの半球が浮かんでいた。その半球の脇からストローを差し込み、端を口にくわえ、口紅を塗った唇がストローを中心にすぼまり、ソーダ水を吸い上げて飲み下した。

きれいな緑色のソーダ水はメロンの香りだろう。どこにもない人工の、ここにだけあるという種類の、フィクションだ。ソーダ水に浮かんで少しずつ溶けていくアイスクリームは、ヴァニラだろう、そしてこれもフィクションだ。クリーム・ソーダのぜんたいが、程よく美しいフィクションだ。

それをいまストローで飲む彼女は、店での名前を百合子さんという。日本全国を探しまわっても、ふたりといない、きわめて個別性の高い、それゆえの具体的な存在だ。その彼女とクリーム・ソーダの取り合わせは，観察してなんらかの感慨を受けるに値した。

僕のコーヒーは、いつもどこでもの、コーヒーだった。焙煎した豆をそのまま煮出してるんだよ、と力説していたのは、誰だったか。飲み屋のカウンターにいた、何度か見たことのある中年の男性だったたか。

「今日はほんとにご苦労さんね」

と彼女が言った。やや奇妙な言いかただ、と僕は思った。奇妙なのではなく、ほんの少しだけ古風なのか。

「とんでもない」

「お店に来て」

クリーム・ソーダを彼女はグラスごしに見ていた。

「遅めに来て、最後までいてくれれば、いっしょに帰れるのよ」

どこへ、と僕は思った。彼女の住むアパートの部屋か。僕の思いを感知したかのように、彼女は言った。

「新築のアパートに引っ越したのよ。きれいな部屋よ。洗濯機を置くための場所があって、洗濯物をしかけて来たわ」

「洗濯機はいまひとりで洗ってるわけだ」

彼女は笑った。

「そうよ」

「枕カヴァーに寝巻。部屋にいるときに着るシャツ。ピンクのショーツ。赤や青も」

彼女は笑って首を振った。

「コーヒー色や深いベージュなら、あるわ」

グラスの底に残ったクリーム・ソーダを、彼女はストローの先端でかき混ぜた。

「これから部屋へ帰って、洗濯物を干さなくては」

「そのあとは？」

「銭湯、そして美容院よ」

やがて僕たちは喫茶店を出た。商店街を歩いていき、駅前の三叉路の信号で立ちどまった。

「お店へ来て」

「いくよ」

「ほんとに」

そこで彼女と別れた。僕は駅へいくしかなかった。駅へいき、切符を買い、改札を通って駅員に切符に鋏を入れてもらい、プラットフォームに出て電車に乗った。なんの用もなかった池袋では、電車を乗り換えただけだった。山手線に乗った。新宿にも用はなかったが、僕はそこで降りた。東口に出てみた。なにも用はないままに脇道に入り、ときどき来る喫茶店に入った。

ウェイトレスは僕を観葉植物の鉢の隣の席に案内した。僕はコーヒーを注文し、面白くもなんともない、という表情で彼女はうなずいた。

そのコーヒーはすぐに届いた。テーブルの上で受け皿に載ったコーヒー・カップ、そして添えてあるスプーン、という景色を僕は見た。

店内用に再生されたレコードの音楽が、壁のスピーカーから放たれて来るのを、僕は受けとめた。今日、いまここでの曲は、デイヴ・ブルーベック四重奏団の『テイク・ファイヴ』なのか、という思いは、けっして悪いものではなかった。

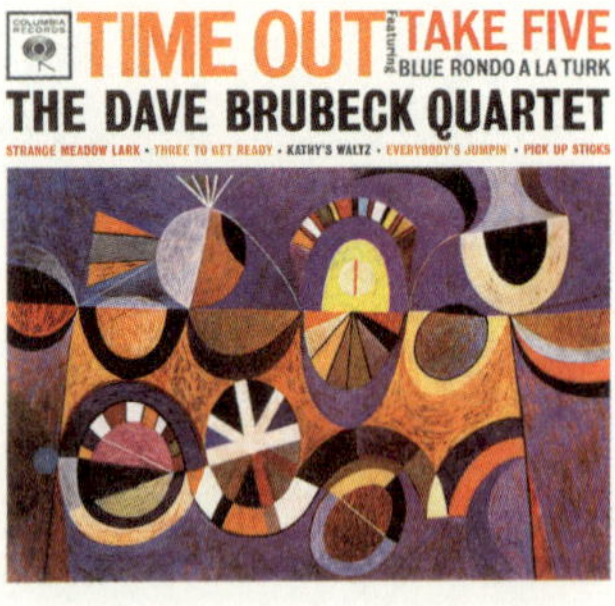

ザ・デイヴ・ブルーベック・カルテット
テイク・ファイヴ
（『TIME OUT』に収録）
1959年

女が鳴らす口笛は恋の終わりの東京ブルース

おなじ雑誌の編集部から編集者がふたり、打ち合わせに来た。僕を加えて三人が、その日の午後、喫茶店の奥で話をした。僕にとっては、その日の最初の喫茶店だった。

初めのうち三人の話は均等に展開したが、やがて編集者ふたりが議論を始めた。僕はそれを聞いていた。ふたりのやりとりを頭の半分で聞いて、残りの半分は店内用に再生されるレコードを聞いていた。

Cメイジャーのその歌を、僕は三番の歌詞から聞いた。Cから当然のようにA_mへいき、CをへてC_6からG_7へ。これで四小節だ、などと僕は思った。C、G_7、C、A_m、G_7、C、G_7、C。これで次の四小節が整った。

歌の主人公は女性だった。夜の街の暗いところを、さまようかのように彼女は歩いている。彼女は口笛を吹いている。恋が終わったことを、自分自身に言って聞かせるような口笛だ。明かりの届いている夜の歩道は、彼女が歩いていくとやがて、明かりの届かない暗い歩道となる。その暗さのなかに、彼女の小さな足音と口笛だけが聴こえる。

という情景が、ほんの一瞬、僕の想像のなかに見えた。C、G_7、A_m、Cの四小節は、両端のCによって、彼女の視界のなかで、ふと、ほんのいっとき、気持ちが開かれるような効果を発揮した。次の四小節はF、F、C、C、G_7で、歌詞が描き出す世界を離れて、メロディとしては開けていった。

お終いの四小節は、C、A_m、C、G_7、Cでしめくくられた。歌い出しとおなじメロディの繰り返しだが、歌い出しでは高いCへと上がる部分が、歌い終わりでは、この歌はここで終わりですよ、という意味をこめて、Gの高さまでだ。

ふたりの編集者の議論はなおも続いた。ひとりが僕の加勢を求めた。加勢する言葉とその論理の道すじのなかに、もうひとりの編集者をいかに取り込むかに、僕はしばし専念することになった。

二軒目の喫茶店では僕は原稿を書いた。二百字詰めで十二枚あればいい、とその雑誌の編集者は言っていた。ちょうど半分まで書いたとき、さきほどの喫茶店で聴いた女性歌手の歌を、僕はふたたび受けとめた。歌詞の二番だということは、あとですぐにわかった。僕は歌詞の言葉をたどった。

彼女は指輪をしている。赤いルビーの指輪だ。そしてこのルビーの赤さは、彼女がひとりその胸に秘めた夢の象徴だった。自分の指にとまっているルビーを見ると、そこに自分の夢がいつもあった。

しかしその夢は破れた。したがってルビーに託したあの日の夢はついえたのであり、そうなったいま、ルビーはガラス玉ではないか。ガラス玉は割れて砕けるほかない。あの日の夢がついえた、というフィクションによって、この歌のすべてが支えられている、と僕は思った。

釈然とはしないけれど、ひとまず僕は自分の解釈を受けとめた。ルビーの指輪はフィクションの象徴だ。女性の白い指を飾る指輪はすべて、いずれはフィクションとしての素性をあらわにするのか、などと僕は考えた。

原稿をやがて僕は書き上げ、編集者に電話をした。その喫茶店へ受け取りにいく、と編集者は言った。だから僕は席でそのまま待ち、三十分後には原稿を渡して編集者と別れ、ひとりで街にいた。

街角で目についた最初の赤電話で僕はさらにもうひとりの編集者に電話をかけた。電話をくれ、と言われていたその時間どおりだった。僕は喫茶店を指定された。

「これから俺はそこへいって、打ち合わせを一件こなす。いつものとおり長話になるのは嫌だから、打ち合わせの席にきみがあらわれてくれれば、そこで切り上げることが出来る。いいかい」

指定された時間にそこへいくと、十歳は年上のその編集者は、ひとりで席にいた。

「今日は用事があると言ってついさっき帰っていったよ」

と彼は笑っていた。

「出ようか」

と彼は言い、僕たちは喫茶店を出た。外の歩道の縁に立って僕たちは向き合った。

「飯は?」

「まだです」

「いつもなにを食うんだ」

「ソーセージ。ポテト・サラダ。黒いパン。それにトマトとレタスのサラダ」

「天麩羅定食をひとりで食ってるのを見かけた、という話を聞いてるけど」

「そんなときもあります」

「今日は俺も、ソーセージやポテト・サラダを食いたい。そこへいこう」

交差点まで歩き、そこを左に曲がり、長い坂を上がっていった。

「ひょっとして、山の上か」

「そうです」

坂の途中で脇道を左に入った。この道も登り坂だった。坂を上がりきったところにあるホテルで僕たちは夕食を食べた。僕が彼に言ったとおりの料理が、僕たちふたりの前におなじようにならんだ。

「こういうのも悪くないね」

食べながら彼は言った。

ホテルを出るとタクシーが客待ちをしていたから、僕たちはそれに乗った。

「次へつきあえ。打ち合わせらしきことは、そこで」

と彼は笑って言った。

並木のある道でタクシーを降りるとき、

「ここは台東区だよ」

と彼は言った。

降りた正面に店のドアがあった。ドアの脇の壁に、店名と電話番号を書いた大きな看板が取りつけてあった。そのかたわらに彼は立ち、

「店の名前と電話番号を控えといてくれ」

と言った。

手帳を取り出して彼のページを開いた僕は、店名と電話番号を鉛筆で看板から書き取った。

「なじみのホステスの名はキヨミ」

と彼は言った。

「それも書いといてくれ」

「キヨミさんというお名前はどう書くのですか」

「清く美しく」

と答えて
「ほかにあるか」

と彼は笑った。

「美人ですか」

と僕は訊いてみた。彼は首をかしげた。

「目の覚めるような、とまではいかないかな」

と彼は言い、店のドアを開いた。

店の奥からこちらに向けてまっすぐにのびているカウンターは、ドアのすぐ前で左に直角に曲がっていた。そのカウンター向こうに美しいホステスがいた。

入って来た彼を目の前に見て、

「あら、まあ」

と彼女は言った。

カウンターのストゥールは空いていた。

「ここにすわっていいかい」

「どうぞ」

僕たちはならんでストゥールにすわった。

「さっき言った清美さん」

彼女を示して彼が言った。そして彼女には僕を示し、

「ここで俺が彼と落ち合うこともあるだろうから、よく覚えといて」

と言った。

僕たちの前に彼女がハイボールのグラスをひとつずつ置いたとき、泣いた女が馬鹿なのか、とあの歌が聴こえ始めた。午後からいまこの時間にかけて、これで三度目の、おなじ歌手によるおなじ歌だった。

「いきなりの質問だけど」

と、彼は目の前の彼女に言った。

「清美さんは、泣く女なのか」

「ああ、この歌のこと？」

と、彼女は肩ごしに自分の背後を示した。店の奥のどこかにあるスピーカーから、その歌は聴こえていた。彼女は首を振った。

「私は泣きません」

「なぜ？」

「いっさい期待してないもの。法外な期待をするから、はずされて勝手に泣くことになるのよ」

「彼は、だます男だ」

と、僕を示して言った。これにも彼女は首を振った。

「だまさないわよ」

「なぜ、そんなことが言えるんだ」

「見ればわかります。それよりも、話が合わないと思う」

ハイボールのグラスを持った彼は僕に顔を向けた。

「このきれいな人が、きみとは話が合わないと言ってるよ」

いつものことです、と僕は言おうとしてやめた。

「話を合わせてくれる人だから、合ってるあいだはじつにいいのよ」

「合わなくなったら?」

「離れていくほかないでしょう。いったん離れたら、追いつけないから」

「だってよ」

と、彼は僕に言った。

「よく聞いておきます」

スピーカーから聴こえていた歌の歌詞は三番まで進んでいた。

「残念」

と彼女は言った。

「口笛のすごくうまい女性が、今日は休みなのよ。一度だけ吹いてくれて、私だけが聴いたの。この店から駅まで、ふたりで歩きながら。信号を待ってるあいだは、振り付けのとおりに動いて、最後はスカートがたくし上がるのも構わず、片脚をのばしてしゃがんで。思わず泣きそうになったほど」

と彼女は言い、さらに説明を加えた。

「TVの歌番組で歌手が歌ってるとき、うしろで踊ってる女性たちがいるでしょう。あのダンサーをしてた女性。歌に乗って動くのがうまいのよ」

「ルージュは褪せてたか」

と彼は訊いた。

「拭き取ってあった」

と彼女は答えた。

「口紅は塗らないほうが、口笛は吹きやすいんですって。店にいるあいだは、まっ赤に塗ってるのよ。仕事のための制服みたいなものね」

「この反対がストーリーになる」

と叫ぶように言って、彼はストゥールの上で僕に向きなおった。そして次のように言った。

「会社から帰って来る夫を迎えて、口紅をくっきりと塗る新妻」

「午後にひとり百貨店の化粧品売り場で、真剣に口紅を選んでいる場面があるといいですね」

と僕は言った。

西田佐知子
東京ブルース
1964年

1965

ビリヤードの匂いと江利チエミ、そしてパティ・ペイジ

下北沢南口の商店街を僕は駅に向けて歩いて来た。両側に続いていた商店の列が終わりとなり、あとは駅の階段に向けてやや斜めに歩いていけばいいとなったとき、

「ビリヤードは向こうよ」

と言った女性の声を、僕は後ろから受けとめた。僕に向けられた声だ、ということはすぐにわかった。だから僕は、立ちどまりながら、声のした方向を振り返った。姿や笑顔も美しく、彼女が冬の初めの陽ざしのなかに立っていた。

「ビリヤードは、どっちだって?」

と訊いた僕に、彼女は右腕を上げ、松山のほうを指さした。

「これから仕事だよ」

と僕は言った。

「だから電車に乗る」

彼女はその場に立ったまま、僕の言葉を受けとめていた。受けとめた様子に向けて、さらに言葉を重ねたい気持ちにさせたのは、彼女の魅力のひとつだった。

「小田急線で新宿へ」

と僕は言った。

「そして？」

「新宿から中央線」

「どこまで？」

「お茶の水」

「この時間から仕事なの？」

午後一時を過ぎたところだった。

「ちょうどいい時間だよ」

「急ぐの？」

という彼女の問いに僕は首を振った。

「まったく急がない」

「マサコへいきましょうよ」

僕と彼女は、南口商店街からひとつ西側の裏道に入った。マサコという喫茶店までほんの二、三分の距離だった。僕たちはマサコに入った。窓辺のテーブルで差し向かいとなり、おなじコーヒーを注文した。

「この近辺でよく偶然に会うわね」

と彼女は言った。

「最初にビリヤード松山へ連れていってくれたときは、おたがいの自宅のすぐ近くで偶然に会ったのよ」

「ずいぶん昔のことだ」

「七年前。おたがいに十七歳だった春」

「思い出すよ」

「下北沢のビリヤードへいくんだけど、いっしょに来ないか、と誘ってくれたのね」

僕と彼女とはおなじ年齢で、自宅がすぐ近くだ。中学も高校も違うけれど、ある日あるときを境にして、ずっと以前からの友だちのような口をきく仲となった。僕たちのテーブルにコーヒーが届いた。

「ビリヤードには十八歳以下では入れなかった」

「久美子のお姉さんが店の人と親しくて。あなたたちは来年にならないと入れないけど、今年はつまり来年の今年かと、頓智みたいなことを店の人に訊かれて、はい、そうです、と答えたら、それ以来、いつでも入れてもらえるようになったの。最初の日は、久美子と京介が来て、あなたと私の四人」

「僕は学校からいったん自宅へ帰り、すぐに出て来た。歩いてたらきみと会った」

「久美子と京介には、あのときビリヤードで初めて会ったのよ」

と彼女は語った。

「あなたが久美子とナイン・ボールのシミュレーションをしてたとき、壁ぎわのベンチに私と京介がならんですわってたら、京介が私に言ったのよ。俺の名は京介というんだけど、気をつけ、という言葉と韻を踏んでるだろうか、って。いまでもはっきり覚えてるわ。これを思い出すと、あのビリヤードのなかの匂いまで、記憶のなかによみがえって来る」

「韻は踏んでるよ」

「気をつけの京介ね」

と言って彼女は笑った。

「いまでも、あまり気をつけそうな人には見えないけど」

彼女はコーヒーを飲んだ。僕も飲んだ。

「もうひとつ、はっきり覚えてることがあるの」

「なんだい」

「午後三時過ぎからビリヤードにいて、七時前に出たのよ。ビリヤードにいたあいだ、江利チエミの『テネシー・ワルツ』が何度もかかったの。ビリヤードを出て、あなたと私はおなじ方向に帰っていくから、南口の商店街をふたりで歩いていくと、あなたはレコード店に寄る、と言ったのよ。私もいっしょに入って見てたら、江利チエミの『テネシー・ワルツ』と、パティ・ペイジの『テネシー・ワルツ』の両方を、あなたは七インチ盤で買ったの。このことも、よく覚えてるわ」

「その二枚を、いまでも僕は持ってる」

「そして、ここからが今日の私の本題。よくって?」

「どうぞ、なんなりと」

「ついに昨日、一九六五年十一月八日、新宿厚生年金会館大ホールというところで、パティ・ペイジの一回だけのコンサートがあって、私は中央の列の右側、前から十五列目で、見たの、そして聴いたの、大感激。ちょうどパティ・ペイジの誕生日だったのですって。あなたは昨日、どこでなにをしてたの?」

という彼女の質問を、僕はコーヒーとともに受けとめた。

「淡路町のビリヤードにいたかな」

「次にそこへいくときには、かならず私を誘って」

「あれから七年か」

「あのときあなたに誘われたのがビリヤードの最初で、あのときからビリヤードの魅力にとりつかれて、今日に至ってます」

「きみにはもうかなわないからな」

「ビリヤードと『テネシー・ワルツ』は深く結びついてるのよ」

江利チエミ
テネシー・ワルツ
1952年

パティ・ペイジ
テネシー・ワルツ
1950年（オリジナル録音）

パティ・ペイジ
テネシー・ワルツ
（『パティ・ペイジ・イン・トウキョウ』に収録）
1965年ライヴ録音

「の」と「Over」の迷路に少年はさまよい込んだ

下北沢駅の北口の階段を降り、右へいくと道幅の狭い商店街になる。最初のT字路を左へいく。道に面して左側の二階建ての建物には、左の端に階段がある。その階段を上がると、ドアを入ってバーになる。そのバーに、その日の僕はひとりでいた。一九六五年の季節は秋。しかし、まだ寒くはない頃の、ある日の夜だ。

カウンターにひとりでいる僕の手もとには、小さなグラスでブレンデッド・ウィスキーがあった。必要ではないし飲みたくもないのだが、なにかを注文しないといけない。これがいちばん簡単だから、僕はいつもこれを注文した。ほんの少しのウィスキーでも、時間をかけることは無理なく出来た。

僕のすぐうしろには、店へ入って来た人たちが奥へいくための、通路を兼ねたスペースがあった。その壁に寄せて、一台のジュークボックスが置いてあった。現役で作動しているジュークボックスだ。そのジュークボックスから板張りのフロアを深く伝わって来る音で、いきなり、歌が聴こえて来た。聴こえ始めた瞬間、ジミー・ウェイクリーのあの歌だ、と僕は反応した。Moon Over Montana という歌だ。

歌手のジミー・ウェイクリーは、ハリウッドに何人かいた歌うカウボーイのひとりだった。

太平洋戦争のあいだ、モノグラムという映画会社で、彼は数多くの西部劇映画に主演した。そのひとつのテーマ・ソングがこれで、戦後、おそらく一九四八年、僕がまだ八歳くらいだった頃、僕はこの映画を観た。

主題歌の Moon Over Montana を、僕はすぐに覚えた。それ以後のある期間、僕はこの歌だけを歌って過ごした。久しく聴いていなかった歌が、背後のジュークボックスから僕を包み込んだ。下北沢の、このバーで、いま、などと驚いている僕は、クラリネットの間奏に、きわめて強い既視感を覚えた。

歌のなかの場面はモンタナの夜の大平原だ。追っている多数の牛たちの低い鳴き声が夜の底に沈殿している。焚き火のかたわらでブランケットにくるまっているカウボーイが、夢なかばにそれを聞いている。すべてを月が照らす。雲に切れ目の出来た夜空から、モンタナの月が地上を照らす。

単純な計算をした僕は、十七、という数字を手にした。この歌を聴くのは、僕が八歳だったときから数えて、じつに十七年ぶりだ。偶然に聴いたその歌の再生が終わって僕が思い出したのは、高校一年生だった頃、この歌との最初の、そしておなじく思いがけない再会を、体験したという事実だ。

そのときの僕は十五歳だったから、Moon Over Montana の歌は、このときは七年ぶりだったことになる。十七年ぶりと七年ぶりのふたとおりが、二十五歳の僕のなかで重なった。

小田急線の経堂という駅のすぐ東側の踏み切りは、高校生の僕の通学路だった。おなじ地域から学校に通っていた同級生たちと帰るとき、毎日のように寄り道をしたのが、経堂だった。駅のすぐ近くの世界堂というレコード店で、僕たちはしばしば七インチ盤を買った。

ある日の午後、友人とふたりで七インチ盤を何枚か買い、その友人の自宅で、買ったばかりの七インチ盤をふたりで聴いた。そのなかの一枚、『モンタナの夜』という歌を聴き始めたとき、これはあの歌のカヴァーだ、と認識して驚いた。歌っている歌手の名は小坂一也といった。このことを、それから七年後、一九六五年の秋の夜、僕は下北沢のバーで、ひとり思い出していた。

思い出しながら、僕は当時の自分について考えた。当時の自分は十五歳の少年だ。彼にとってMontanaは、突然に、日本語の片仮名で、モンタナとなった。これはこれでいいとして、ジミー・ウェイクリーの歌い出しは、題名とおなじ、Moon over Montanaだが、小坂一也の歌うカヴァー盤では、「月のモンタナ」となっていた。

Moonには、月という、それしかない日本語の一語を当てはめただけだ。それ以上の深い意味はないはずだ。日本語盤の題名である『モンタナの夜』では、原題にあるmoonは日本語の夜となった。月も星も、その他すべてをひっくるめた状態が夜なのだから、月が夜になることに、さしたる問題はない。

問題はoverの一語だ。夜のモンタナを空から見下ろす、という位置関係ないしは距離感は、動的なものだ。その動的なもののぜんたいをoverの一語が引き受ける。そのoverが日本語では、「の」というひと文字に変わる。Overは「の」であり、「の」はoverをも内包する。そして「モンタナの」といったん言ったなら、すべては静的にぴたりと静止して、そのときそこにある状況、という一幅の絵になるではないか。十五歳の少年は、このとき、「の」の迷路の入口に立ったと言っていい。

世界堂で友人が買った小坂一也の七インチ盤のなかには、『モンタナの月』という歌もあった。日本で作られたこの歌には英語の題名がつけられていて、それはMontana Moonだ。ここでもMontanaはモンタナであり、Moonは月なのだが、では「の」とはなにか、という謎がふたたび浮かび上がった。

Montana Moonを日本語にすると、モンタナ月、とはならずに、モンタナの月、となる。モンタナの月と月のモンタナとでは、おなじ「の」の字が月とモンタナとを取り持っているが、モンタナの月と月のモンタナとでは、意味ないしは意味合いの違いが、きっとあるはずだ。そしてその違いは、どのようなものなのか。十五歳の少年にとって、謎は深まるばかりだった。

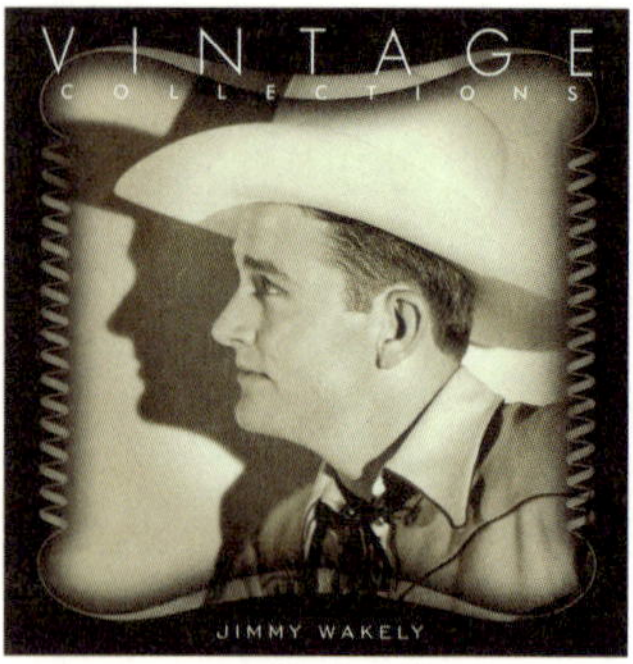

ジミー・ウェイクリー
Moon Over Montana
(『Vintage Collections』に収録)
1946年(オリジナル録音)

小坂一也
モンタナの月(Montana Moon)
(『小坂一也ウエスタン・ヒット曲集』に収録)
1956年(オリジナル録音)

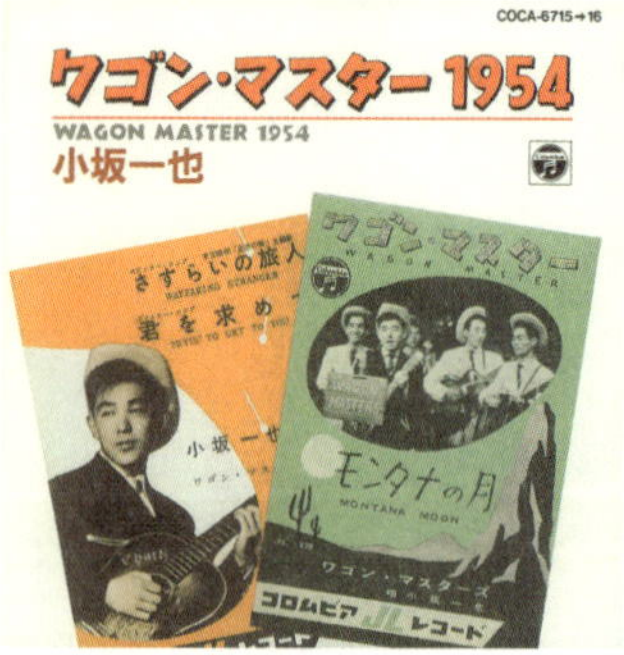

小坂一也
モンタナの夜　モンタナの月
1956年(オリジナル録音)

次の曲は何だろうか。ラテン・スタンダード集は誘惑する

交差点の東側の横断歩道を渡り始めてすぐに、背後から音楽が聞こえて来た。交差点に面してレコード店があるのを僕は思い出した。その店が再生しているレコードだ。道のまんなかあたりまで歩いても、曲名は思い出せなかった。知っている、と言うよりも、何度か聴いたことがある、という曲だ。いまうしろから聞こえているのはそのオリジナルではなく、ギターを主役にしたカヴァーだった。

横断歩道を渡り終えても、その曲はまだ僕に届いていた。僕は歩道を右へ歩いた。そしてすぐに路地へ入った。聞こえて来るギターの音楽は、小さく遠のきつつあった。路地のなかばでもまだ聞こえていたが、喫茶店に入ると聞こえなくなった。

ドアに近い席で奥に向けて僕は椅子にすわった。コーヒーを注文した。英文の『ニューズウィーク』という雑誌を一冊、僕は丸めて持ち歩いていた。丸めたその雑誌に紫色の輪ゴムがかけてあった。やがてそのかたわらにコーヒーが届いた。

それまで音楽のなかった店内に、スピーカーから聞こえ始めたのは、『タブー』という曲だった。トランペットを主役にした編曲だ、とぼんやり思いながら僕はその曲を聴いた。次の曲

は『ブラジル』だった。そして三曲目は、『マイ・ショール』だ。その三曲目で僕はコーヒーを少しだけ飲んだ。日本人による編曲と演奏だ、と僕は判断した。

丸めて輪ゴムのかけてある『ニューズウィーク』を僕は手に取り、輪ゴムをはずした。丸まっている雑誌を逆に丸めて、平らにした。そしてページを開いた。コクヨの二百字詰めの原稿用紙が、天糊から一枚ずつはがした状態で、三十枚ほどあった。

上の一枚を裏返しにして、ジャケットの内ポケットから、鉛筆ホルダーを取り出した。口金をゆるめ、ホルダーの空洞の軸に入っている五センチほどの鉛筆をほどよく外へ出し、口金を締めた。その三Bの鉛筆で、『タブー』『ブラジル』『マイ・ショール』と、三曲の題名を書いた。コーヒーを飲み、三曲目が終わるのを待った。

四曲目は『キャラヴァン』だった。片仮名で書いた曲名の右隣に、英文で、おなじ曲名を僕は書き加えた。五曲目の予測はつかなかった。『ベッサメ・ムーチョ』だった。選曲に方針はさほどないのだ、と僕は感じた。六曲目は『アマポーラ』ではないかと僕は思ったが、その予測ははずれた。『テキーラ』だった。この曲がここに来るなら、と僕は思った。次の曲がなにになるのか、まったく読めない。そして七曲目は意外にも、『パーフィディア』だった。

僕はコーヒーを飲んだ。ホルダーにつけた鉛筆を指先に、八曲目を待った。それは『ピーナツ・ヴェンダー』だった。次は『ビギン・ザ・ビギン』かと思ったが、九曲目は『シボネー』で、『ビギン・ザ・ビギン』は十曲目だった。

『ビギン・ザ・ビギン』が終わって、再生されるレコードは映画音楽に変わった。いま僕が一曲目から聴いたのは、全十曲のポピュラーなラテン曲で構成された、十インチのLPだ、と僕は判断した。日本の人たちによる編曲と演奏だ。

演奏した人たちには、おそらくグループ名があるのだろう。しかしそれは、僕には見当もつかなかった。レコード店で探せば、この十インチLPはかならず見つかるだろう、とも僕は思った。十インチのLPが集めてあるところで、「邦人ラテン」あるいは「日本のラテン」などと仕分けされたなかを探せばいい。自分が原稿用紙の裏に曲名を書いた十曲が、その順番で収録されている十インチLPを見つけるのは、さほど困難なことではないはずだと、冷えていくコーヒーを飲みながら僕は思った。

筒井広志 ラテン アメリカーノ
永遠のラテン
1963年

1966

雨の降りかたには、日本語だと二種類しかないんだ

雨は激しく降っていた。この降りかたが、一九六六年の梅雨の雨なのか、と僕は思った。雨の夜のなかで僕はヘッドライトを下向きにしていた。下北沢の西側から井の頭線を踏切で越えて鎌倉通りをそのまま直進し、小田急線の踏切に向けて下り坂を降りきり、坂の底から踏切に向けて坂を上がっていった。

上がりきったところが踏切だった。遮断機は上がっていた。いったん停止し、雨に叩かれる線路の左右を見通してから、踏切を渡った。高台になった住宅地のなかの、高台の頂上にあたる平坦な道だった。すれ違う自動車は一台もなかった。徐行と言っていい速度で僕は自動車を走らせた。

ヘッドライトの光が前方の雨のなかをとらえた。傘をさしてひとり歩く若い女性のうしろ姿がその光のなかにあった。接近するにつれて、パンプスを履いた脚のふくらはぎのかたちが、白く浮き上がった。視覚的になんの無理も感じさせない、すんなりとしたそのかたちは、端正な歩きかたとよく調和していた。

知っている女性だ、と僕は直感した。彼女だ。自宅へ向けて雨のなかを歩いているのだ。

彼女の自宅は、少し先でこの鎌倉通りを右に入ってすぐのところにあった。僕は天井の明かりを灯けた。彼女を左側で追い越しながら、僕は彼女に顔を向けた。

彼女は気づいた。僕に笑顔を見せた。彼女を追い越し、ミラーでうしろを見てそのまま停止し、右のドアを大きく開いた。一九六四年モデルのシヴォレー・インパラの2ドアは、こんなときには便利だった。

傘をすぼめて彼女はインパラのなかに体を入れた。お尻から座席に体を落とすと同時に頭をクリアして座席に入り、両脚を揃えて引き上げ、閉じた傘をフロアに置き、右腕をのばしてドアを閉じた。僕はインパラを発進させた。

「送るよ」

と、僕は言った。

「どこまで？」

と、彼女は訊き返した。

「桜島は？」

と僕は言ってみた。桜井、という彼女の名前に軽く掛けたつもりだった。彼女は淡く笑った。

「桜島は噴火してるかしら」

「今夜は雨だよ」

と僕は答えた。

「この住宅地のなかを、ゆっくりひとまわり、してみようか」

という僕の呑気な思いつきに、

「面白いわ」

と彼女は応じた。

「傘の下で肩をすぼめ、歩幅を小さくして歩いてたのよ」

「その姿をうしろから見たよ」

「雨が路面から跳ね返って、膝の上まで濡れるのよ」

そう言いながら彼女は、バッグから取り出したハンカチを広げ、両膝を軽くぬぐった。

「雨の降りかたには、日本語だと二種類しかないんだ」

と僕は言った。

彼女は僕に顔を向けた。そして、

「なにとなに？」

と訊いた。

「ひとつは、今夜のような雨」

そう答えた僕は、ステアリング・ホイールに置いた右手の人差し指で、外の夜と雨を指さした。

「これは、どんなふうに降る雨なの？」

「ざあ、ざあ」

という僕の答えに彼女は笑った。

「そうとしか言いようがないわね。確かに、今夜の雨は、ざあざあと降ってるわ」

このシヴォレー・インパラでも無理なく曲がることの出来る角を順番にたどりながら、高台となっている住宅地の高台の縁を縫って、雨のなかをゆっくりと一周していった。

「もうひとつの降りかたは」

と僕が言った。

「それは、しとしと、でしょう」

と彼女が言った。

「他にあるかい、雨の降りかたが」

しばらく彼女は考えた。そして、

「そう言えば、ないわね」

と答えた。

「この次は、しとしと降る雨のなかで」

と僕は言ってみた。

「心がけておきましょう」

というのが、彼女の答えだった。

「今夜は友人とふたりで、ミルヴァのコンサートへいったのよ」

と彼女は言った。

「彼女が日本語で歌う、『ウナ・セラ・ディ・東京』を、あなたは聴いたことがある?」

「どこかで聴いたはずだ」

と、僕は答えた。

広い敷地の彼女の家の前で僕はインパラを停めた。インパラの右側が、彼女の家の門の前だった。笑顔を僕に向け、

「お休みなさい」

と言った彼女はドアを開いた。外へ出ようとする体の動きと正しく比例して、スカートの裾は両膝を大きく越えていき、太腿の白い一閃のうちに、彼女はインパラの外に出た。開いた傘をかかげ、窓ガラス越しに僕を見て、彼女は左手を小さく振った。

そこから僕の自宅まで、雨のなかをインパラで、ほんの数分だった。梅ケ丘通りまでいったん降りて環七へ向かい、宮前橋交差点の手前で右へ入り、橋を渡って坂を上がった。

坂を上がりきって直進すると、やがて道はT字交差となった。僕は徐行させたインパラを左の道へ入れていき、いつもの地点で停止し、振り返ってうしろの窓から雨の夜のなかを見ながら、リヴァースで発進し、そのまま自宅の庭へと入っていった。細い鉄骨による門扉は

いつものように開いていた。

玄関のドアの上に庇が大きく四角に張り出していた。その四角のまんなかにある明かりは、雨の夜の庭に充分に広がっていた。庭の奥に向けて下がれるだけ下がってインパラを停止させ、ヘッドライトを消してエンジンを切った。雨の夜のなかに庭は静かで、インパラのなかはさらに静かだった。

ミルバ
ウナ・セラ・ディ東京
1964年

ビートルズ来日記者会見の日、僕は神保町で原稿を書いていた

一九六六年六月二十九日。自宅でひとり昼食を食べた僕は、外出するためのしたくをしようとして思い出した。おなじ日の午後五時に、漫画の週刊誌に原稿の締切りがあることを、思い出した。原稿はまだ書いてはいなかった。

「午後五時に、編集部に近いところから、電話をくれないか。どこかで待ち合わせをしよう。原稿は僕が受け取りにいく」

と、その漫画週刊誌の編集長に、何日か前に言われた。

編集部に近いところとは、神保町だった。いつもの神保町だ。原稿用紙と鉛筆を持って神保町まで出かけていき、あとは喫茶店をはしごしながら、午後五時までにその原稿を書き上げる。そして、喫茶店の赤電話ないしはピンク電話で、漫画週刊誌の編集部に電話をすればそれでいいのだ。編集部に近いところで原稿を書けば、手渡すまでの時間を、原稿を書くための時間に加えることが出来た。

この原稿のことをすっかり忘れていた僕は、二十九日の午後三時に、赤坂の東京ヒルトン・ホテルへいく約束を、『平凡パンチ』の編集者と二、三日前に交わした。

「午後三時までに会場に入ってくれ。平凡パンチと言ってくれれば、わかるようにしておく」

というその編集者の言葉を、僕は思い起こした。

「会場の名は、紅真珠だってよ」

と、彼は言っていた。

午後三時には、僕は神保町の喫茶店で原稿を書いていなくてはいけない。この約束は『平凡パンチ』との約束よりも何日か前に出来たものだ。原稿を書き終えるのは午後五時近くになるだろう。東京ヒルトン・ホテルへいくことはとうてい出来なかったし、三時二十分から開始されるというザ・ビートルズの来日記者会見に、最後まで出席することも出来ないのだ。

僕は『平凡パンチ』の編集部に電話をしてみた。きわめてまれなことだが、その編集者が電話に出た。電話の相手が僕だとわかると、

「おう、おう、おう」

と彼は言った。

「今日の午後三時の件だけど」

「頼むよ」

「先約があったのを忘れてた。夕方の五時に原稿の締切りだ。きみとの約束よりも何日か前に出来た約束だ。すっかり忘れてた。出かけるしたくをしようとして、思い出した」

「思い出さなければ」

「東京ヒルトンへ向かっただろうね。その途中で先約を思い出す可能性は、充分にあるけれど」

「その締切りは延びないのか」

「延びない」

「そうか」

と彼は言った。

「しかたないな」

いつもはもう少し粘るのだが、そのときの彼はあっさりとそう言った。

「たくさん来るそうだ」

と彼は言った。

「記者会見に」

「そう。内外から、多数。内外タイムスじゃないよ」

と彼は冗談を言った。

「二百人くらいかな」

「そんなに」

「ザ・ビートルズだからね」

「そうなのか」

「会見にはうちから誰かがいくよ。夜にでもまた電話する」

という彼のひと言で、その電話は終わった。うかつな約束によってふたつ重なっていた用事がひとつになって、僕は外出のためのしたくを始めた。

したくとは言っても、髭を剃るだけだ。生えていなければ剃る必要はないのだが、髭は生える。したがって剃る。高校生の頃の僕は髭がまったく生えていなかった。カタオカくん、大丈夫?と言われながら、同級の女性たちに頬をぴたぴたされていたのだが。

六月もあと一日を残すだけという季節だから、Tシャツの上に赤いギンガムの長袖シャツにカーキー色のチーノ、そして靴は黒い革の頑丈なジョドファだ。着たきり雀、と多くの人が笑っている僕の服装だ。

原稿用紙はA4よりひとまわり小さいサイズの、コクヨの二百字詰めを一冊。これは手に持たなくてはいけなかった。シャツの胸のポケットに3Bの鉛筆を一本。この鉛筆には金属製のキャップがかぶせてあった。ごく小さくなった消しゴムをひとつ。これもシャツの胸ポケットのなかだ。パチンコの玉ほどに小さくなっていたから、喫茶店で原稿を書くとき、うっかり落とすとその玉はフロアを転がりどこかも知れないどこかへ、いってしまうことがあった。今日は神保町でまず消しゴムを買おう、と僕は思った。三省堂の文具売り場で、消しゴムをひとつ、ためつすがめつするのだ。

小田急線の世田谷代田の駅まで歩き、各駅停車の電車で新宿まで出て、そこから中央線でお茶の水駅まで。喫茶店のはしごはお茶の水から始まった。これから書くべき原稿をどのようにまとめればいいか、その喫茶店で考えた。筋道を原稿用紙に走り書きしていると、一杯目の苦いコーヒーは半分ほどになった。駿河台下まで坂を下り、靖国通りの北側と南側とで、それぞれ一軒ずつ、僕は喫茶店をはしごした。喫茶店のはしごは三軒で終わった。原稿は仕上がり、店を出てから書店の店頭の赤電話で、漫画週刊誌の編集部に僕は電話をかけた。編集長が待ち合わせの場所に指定した喫茶店が、この日の四軒目の喫茶店となった。

その四軒目で僕と差し向かいとなった編集長は原稿を受け取り、原稿用紙のページを繰ってみたあと、

「太い芯の鉛筆だろう、これは」

と言った。

「3Bです」

「たまには削れよ」

「喫茶店で削ると、ウェイトレスに叱られます」

「その話はいつか聞いたな。喫茶店で原稿を書きながら鉛筆を削り、滓をフロアに落としていたら、美人のウェイトレスが大きなガラスの灰皿を持って来てきみの目の前に置き、これに削ってください、と叱られた話だった」

「あれ以来、鉛筆は外で削ってます」

「原稿は面白いけど、鉛筆の芯は太いよ。少なくともこれは」

この原稿をさっそく入稿する、と編集長は言い、次の打ち合わせの日を約束して、僕たちはその喫茶店を出た。

「今日はこれからどうするんだ」

と彼は訊いた。

「鉛筆を削ります」

と僕は答えた。

裏通りから靖国通りへ出る手前の、すずらんのかたちをした街灯のある金属製の柱のかたわらに立って、僕は胸のポケットの鉛筆を指先に持ち、キャップをはずしてポケットに落とした。そしてチーノのポケットから薄くて小型なポケット・ナイフを取り出し、短いほうの刃を引き出して鉛筆を削った。編集長はかたわらに立ち、それを眺めていた。削り終えてポケット・ナイフの刃をたたみ、鉛筆にはキャップをかぶせて胸のポケットに戻した。

「心強い限りだ」

と笑う編集長と、そこで別れた。

水道橋駅まで白山通りを僕は歩いた。何軒もの古書店に立ち寄った。その結果としての数冊の本を抱えて、総武緩行線という電車に乗って新宿へ戻り、そこから小田急線で下北沢まで。南口の小さな店で夕食を食べた。午後に自宅を出るとき、夕食はこの店にしよう、と僕は思った。そしてそのとおりになったことを、僕はうれしく思った。

自宅まで歩いて帰った。南口の商店街をそれが終わるところまで歩き、すぐに右への坂を上がり、その坂の上を左へ向かった。そこからは、右へ曲がるのと左へ曲がるのを交互に繰り返し、最後は左へ二度曲がって、自宅の前の道に入った。

夜の九時過ぎに電話があった。『平凡パンチ』の友人編集者からだった。

「記者会見には俺がいったよ」

と彼は言った。

「いろんな意味でじつに面白い記者会見だった。この場にきみがいないのは残念だ、と何度も思った」

「記者たちはたくさん来たのかい」

「多数。午後の電話で俺は冗談を言ったけど、内外タイムスからも来てたよ。文化部の人。代表質問をしてた。記者たちを三つに分けてさ、それぞれが質問を十項目ずつするんだ。そのあとのフリーの質問も、三つに仕切られた人たちそれぞれに、五分間。ぜんたいの時間は予定の倍以上に延びたと思う。ＰＡのトラブル多発で中断が何度もあって」

「いけてよかったね」

「四人それぞれの服装をカラー写真に撮って、カラーのページにならべて分析する、という企画は思いついた。写真部の男にカラーで四人の全身を撮らせたよ。記者会見の前に撮影があったから」

「その企画は面白い」

「それよりも、日本の記者たちの、なんとも言いがたく緊張した、いっさいなにごとも理解してない杓子定規さというか、頑迷固陋と言ってもいいかな」

「たとえば?」

「四人のユーモアについていけないんだよ。当意即妙なユーモアが彼らのどの発言にも中心軸として通ってるから。十項目ずつの代表質問が終わって、五分ずつの自由質問に移ったとき、雑誌芸能記者の代表が、MBE勲章を日本へ持って来ましたか、と質問したんだ。ジョン・レノンがテーブルに出ていた飲み物のコースターを指先に持ってひらひらさせながら、『持って来たよ』と答えて、外国の記者たちは笑ってた」

「きみは?」

と僕は訊いてみた。

「笑ったよ。ただし、一拍遅れた。その理由は、あっけにとられたから」

「通訳はついたのかい」

「やりとりがかなりあってから、総まとめみたいに彼ら四人の発言を要約するんだけど、MBE勲章に関しては、『持ってまいりました』と日本語にしていた。女王陛下から授かった勲章を、持ってまいりました、と言われたら、日本人記者たちは緊張の極点だよ。コースターを見せて冗談を言ったのに、いま見たのはおそらく略章で、本物をお持ちになったのですね、などと代表質問は訊いていた。これはこれで笑えるけどな」

「来週にでも、もっと詳しく聞かせてくれないか」

「テープに録音したよ。最初から最後まで。思いのほかきれいに録音出来てる。聞かせるから聞いてくれ。ついでに、なにか考えないか。ここから記事の企画は引き出せないものかどうか。言うべきことを自分の言葉できちんと言っている四人の闊達さを、現場で直接に受けとめたのは、幸せだった」

PARLOPHONE

水割りと柿の種、十周年

九月に入ってそのなかばまで、晴れた日は二日しかなかった。その二日とも気温は高くて陽ざしは強く、夏の延長のようだった。その二日以外の日には、すべて雨が降った。早朝から、夜半から、あるいは一日のなかのどこかで、かならず雨が降った。

九月なかばを過ぎて、久しぶりに晴れた。夏が戻って来たような日となった。日傘をさして歩いている人が、窓から遠くに見えた。遅い昼食をはさんで、午前中から僕は自分の部屋で原稿を書いた。午後遅くに原稿は出来上がった。その原稿を持って僕は外出した。レコード店に寄る余裕があった。七インチ盤を三枚、買った。

原稿を渡す編集者との待ち合わせは中野のバーだった。編集者がそこを指定し、電話で場所を説明してくれた。駅から歩いて数分の、裏道として機能している長い上り坂の途中に、そのバーはあった。奥に向けてまっすぐに長くのびているカウンターが特徴の、整った店だった。入ってすぐの位置に編集者がいた。

僕は彼の隣にすわり、レコード店の袋をカウンターに置いた。縦にふたつに折った二百字詰めの原稿用紙二十四枚を、僕はジャケットの内ポケットから取り出し、隣の年上の編集者に渡した。受け取った彼はそれをカウンターに置き、右手を載せ、

「ああ、面白い、面白い」

と言い、原稿を自分のジャケットの内ポケットに収めた。おなじポケットから二百字詰めの原稿用紙を一枚取り出し、僕に差し出した。

「来週の企画。締切りは一週間後。あとでじっくり読んでくれ。僕もあとできみの原稿を読む。面白いにきまってる。さあ、水割りだ」

グラスとコースターはすでに僕の前にあった。氷のバケツから氷をいくつかグラスに入れ、ウィスキーを注ぎ、水で割った。ウィスキーの瓶には彼の名前が黒いサインペンで書いてあった。

「いつも新宿だから、今日は場所を変えてみた」

と彼は言った。

「ホステスは何人かいるんだけど、こうしてほっといてくれるんだよ」

「先輩はそういう客なのですか」

「そのとおりだ」

「いいですね」

「快適だよ。なぜこうも水割りなのか、とおそらくきみは思ってるだろう。俺はいま二十八歳だ。きみとおなじ大学を出て、五年になった。大学から東京だからその四年を加えると、東京は九年だね。もうすぐ十年になる。そしてその十年目は、水割りの十周年記念でもあるんだ。いきなり、こんな話で、いいかい」

「興味深く聞いてます」

と僕は答え、水割りを飲んでみた。

「田舎から大学受験で東京へ初めて来て、なぜか合格して、四月から東京暮らしさ。郷里の先輩には頼ったよ。紹介してくれた不動産屋さんに高円寺のアパートを斡旋され、なにもわからないからそこに住むことにした。高円寺の駅から歩いて十分くらいのところだった。高円寺の最初の印象は、人がこんなに多いから今日はなにかの祭りなのだ、ということだった。しかし祭りでもなんでもなく、ただの日常なのだとわかったときには、俺はいま東京にいるんだ、と痛感したね。いまでもその高円寺に住んでいる。部屋は違うけれど。いろいろ教えてくれたその先輩が、初日にお祝いだと言って連れていってくれたのが、ここ中野のバーだった。駅の東口の、迷路が重なり合ってるような飲み屋街の、奥のほうの店だった。ここで初めて水割りを飲んだ。俺の目の前にホステスが持って来てくれたコップには、氷が入ってるじゃないか。氷だよ。しかもひとつではなく、いくつも。そこにいま思えばウィスキーが注いであって、水が加えてあるんだけど、氷で冷えたコップに氷がいくつも入っていて、かけたウィスキーで氷が少しだけ溶けたところを、水がくるんだ。そこを俺が飲んだわけだよ。うまかった。こんなにうまいものがあるのか、と心の底から思った。しかも俺のコップには、きれいな丸い紙が敷いてある。俺としてはコップなんだよ、コップ。グラスではないんだ。

いまでも気持ちのなかでは、コップだね」

ひとしきり語って彼は水割りを飲んだ。手のなかのグラスを眺め、丁寧にコースターに置き、なおもグラスを眺めて彼は言った。

「世のなかにこんなうまいものがあるのか、と俺は思った。それ以来の水割りで、いまもこうして水割りさ。あと一年で十周年になる」

「その最初の中野の店は、いまもあるのですか」

「あるよ。たまにいってみる」

「十周年にはそこへいきましょう」

「来てくれるか」

「いきますよ」

「その店へ最初にいったとき」

と彼は言った。

「小皿に柿の種が出て来たんだ。つまめよ、と先輩に言われて、ひと粒を口に入れて嚙んだら、かりっとしたなかに赤唐がらしが効いた小さな醬油味の煎餅でさ。これがまたうまかった。夢中になったよ。このときから柿の種と水割りとは、切っても切れないつながりがある。先輩が連れていってくれた、あの店だけで出る特別なものだと俺は思ったけれど、じつはまったくそんなことはなくて、どこにでも売ってることを知って、また驚いた。それ以来、俺にとっての必需品だ。今夜もこうして、ジャケットの右ポケットには、柿の種がひと袋、入ってる。ひとつふたつと指先につまんでは、水割りの友さ。あげようか」

「ください」

彼はジャケットのポケットから柿の種の袋を取り出し、僕の掌いっぱいに出してくれた。柿の種をいくつか口に入れ、噛みながら水割りを飲んでみた。

「どうだ」

「いいですね」

「どう、いいんだ」

「いろんなことを思います」

「思ってくれ」

「記憶の底に沈んでたことが、ふと表面に浮かび上がったり。思いもしなかったそれとこれとが、なぜかきれいにつながったりします」

「そのとおりだね。いまの自分が、そこにあるんだよ」

と彼は言い、さらに次のように続けた。

「柿の種の袋をいまのようにいつもジャケットのポケットに入れてると、楽しいことが起きるんだ。雨の日に都電に乗ってひとり座席にすわってるとき、所在なくてジャケットのポケットになにげなく右手を入れてみると、指先に柿の種がひとつ触れるんだ。柿の種だと思いながら、ポケットの隅のほうを探ってみると、もうひとつだけあってね。ふたつの柿の種を指先につまんで口に入れて噛むと、わずかふたつとは言え、柿の種の味と香りがぱっと口のなかに広がって、俺の嗅覚や味覚がそれを受けとめる。ああ、これがいまのこの瞬間の俺なのか、と自分を確認する。生きるとは、こういうことの連続なんだね」

彼のグラスのなかに水割りはなくなり、小さくなった氷だけが残った。彼は新たに水割りを作った。

「きみも飲んでくれ」

と彼は言い、作った水割りのグラスを持った手で、カウンターに置いたレコード店の袋を示した。

「その袋はレコード店のものだね」

「そうです」

「レコードを買ったのかい」

「七インチです。三枚」

「小さいやつね」

「はい」

「なにを買ったんだ」

僕は題名を列挙した。

「A面の三曲は、『長崎の女』『女の意地』『江梨子』です」

「なぜ?」

と、純粋な驚きの表情を、彼は僕に向けた。

「歌謡曲全集という本で譜面と歌詞を見ていて、気になったからです」

「きみがときどき持っている、やや小型の、しかし分厚い本だよな」

「それです。新譜が一定の数までたまると、楽譜と歌詞をまとめて一冊にする本です」

「それを持ち歩いては見てるのか」

「電車のなかで、喫茶店で」

「気になる歌があると、そのレコードを買うのか」

「そうです」

「聴くのかい」

「主に自宅で再生して聴きます」

「三枚とも女だよね。女の歌だ」

「そうですね」

「歌謡曲は女がいないと、夜も日も明けないからなあ」

そう言って彼は静かに笑った。

春日八郎
長崎の女
1963 年

西田佐知子
女の意地
1965 年

橋 幸夫
江梨子
1962 年

1967

読まれてこそ詩になるのよ

梅雨を飛び越して夏になったような日だった。あと数日で雨の季節になるとは、とうてい思えないままに真夏の気持ちで一日を過ごし、夜の八時に僕は新宿にいた。新宿の街もその日は夏だった。

待ち合わせの場所として編集者に指定されたのはゴールデン街のバーだった。時間は九時だ。遠まわりになる経路でゆっくり歩いたのだが、ゴールデン街の迷路の一端からそのなかに入ったとき、約束の時間までまだ三十分以上あった。

店に入ってひとりで待てばいいのだが、僕は時間まで迷路を歩くことを選んだ。縦横に何本も重なり合う幅の狭い通路を歩くのは楽しそうに思えた。通路の両側に壁を接してならんでいたのは、酒を飲ませる店ばかりだった。

一軒のバーの前を歩いていたら、ドアが開いて客が出て来た。ドアが開いていたあいだだけ、TVの音声で、『骨まで愛して』という歌が聞こえていた。すぐそばにドアを全開にした店があり、その店からは『新宿ブルース』がレコードで聞こえていた。女性の歌手だった。二、三軒隣の店ではドアが半開きになっていて、おなじく女性歌手で、そしてレコードで、『小指の思い出』が聞こえた。

ドアを閉じている店でも、なかから音楽が聞こえた。『ブルー・シャトー』を聞いたすぐ隣の店の板壁ごしに聞こえていたのは、『パープル・ヘイズ』だった。迷路の外に出るすぐ手前の店からは、題名も女性歌手の名も知らなかった歌謡曲を、僕はかすかに受けとめた。何日かあと、神保町の喫茶店で別の編集者と打ち合わせをしていたとき、店内で再生されるレコードとして、おなじ歌謡曲を聞いた。『恋のハレルヤ』という題名、そして歌手の名前を、編集者に教えてもらった。

迷路の角を曲がるとき、その角の店から聞こえていたのは『イエロー・サブマリン』だった。レコードに合わせて店の酔客たちは合唱していた。その数件隣りのドアも壁も真っ黒に塗った店は、ウィスキーの肴にジャズのＬＰを聞かせる店だった。聞こえて来るＬＰに僕は立ちどまって聞いた。『マーシー・マーシー・マーシー』という曲だった。

街灯の明かりの下に僕は立ちどまった。メモ用に持っていた手帳と鉛筆を取り出し、迷路をそこまで歩きながら受けとめた七曲の題名を、順に走り書きしてみた。書きとめると面白いかもしれない、と思ったからだ。迷路はさらに何本もあった。歩くことの出来る迷路のすべてを、僕は歩いた。

『恍惚のブルース』『ダイアモンド・ヘッド』『イエスタデイ』『ベッドで煙草を吸わないで』『逢いたくて逢いたくて』そして男の客がなぜか大声を上げて歌っていた『唐獅子牡丹』。ふたたび明かりの下に立ちどまった僕は、この六曲の題名を、さきほどの続きとして手帳にメモした。すぐに書いておかないと順番を忘れそうだったから。

待ち合わせの場所に指定されたバーの前も歩いた。約束の時間までにあと十数分あった。二軒隣の店はジャズを背景音にしていたバーで、ドアや小さな窓、さらには壁ごしに外へと漏れていたのは、LPで再生される『至上の愛』だった。

このあと最後の通路を歩き、『ごめんねジロー』『さよならはダンスのあとに』『君といつまでも』『知りたくないの』の四曲を、歩きながら僕は受けとめた。『至上の愛』を含めた五曲の題名を、そのときは誰も歩いていなかった通路のまんなかに立ち、手帳のページに鉛筆で書きとめた。

その通路を向こうの端へ出るすぐ手前のところで、店の前に立ち、僕のほうを見ていた姿のいい女性がひとりいた。合計で十八曲の題名を手帳のページに僕は見た。これはほとんど詩ではないか、と僕は思った。そして歩き始め、通路の端で店の前に立っている女性の前をとおりかかった。

女性ではなく男性だったが、じつに美しい女性へと変貌をとげていた。自分のすぐ前を歩いていく僕に、「なにを書いてたの?」と、彼女は訊いた。低い魅力的な声による、きわめて親密な口調に、僕は立ちどまった。そして、「詩を書いていました」と答えてみた。

半分は本気だが、残りの半分は冗談だった。彼女は僕を見つめた。その視線に自分のありったけを注ぎ込んで、「読ませて」と彼女は囁くように言った。なんと答えればいいか、僕は思案した。詩、と言ってしまったことを、ごく軽く、僕は後悔していた。黙っている僕に対して姿勢をまったく変えないまま、彼女は底無しの優しさで次のように言った。「人に読んでもらって初めて、それは詩になるのよ」

迷路を歩きながら受けとめた歌や曲の題名を書いたのだと説明して、手帳のページを僕は彼女に見せた。真剣に読んだ彼女は、「お店にもいろんなレコードがあるから、面白い題名を探しては聞いてみましょうよ。ついでに、一杯だけ飲んでって。この店だから」と、背後の店を示した。年上の編集者との約束の時間までに、あと三分だった。そのとおりを彼女に告げると、「帰りに寄ってよ。二時間くらいあとになるかしら」と彼女は言った。

二時間あと、僕は編集者の酒にまだつきあっていた。次に行こう、と言われてついていった二軒目の店の、カウンターの奥にならんですわっていた。美しい彼女のひと言のなかにあった、それは、という代名詞がなぜか気になっていた。

城 卓矢
骨まで愛して
1966 年

扇 ひろ子
新宿ブルース
1967 年

伊東ゆかり
小指の想い出
1967 年

ジャッキー吉川とブルー・コメッツ
ブルー・シャトウ
1967年

ジミ・ヘンドリックス
紫のけむり
1967年

黛 ジュン
恋のハレルヤ
1967 年

ザ・ビートルズ
イエロー・サブマリン
1966 年

キャノンボール・アダレイ
マーシー・マーシー・マーシー
1966年

青江三奈
恍惚のブルース
1966年

ザ・ベンチャーズ
ダイアモンド・ヘッド
1965年

ザ・ビートルズ
イエスタディ
1965年

沢たまき
ベッドで煙草を吸わないで
1966年

園 まり
逢いたくて逢いたくて
1966年

高倉 健
唐獅子牡丹
1966 年

ジョン・コルトレーン
至上の愛
1965 年

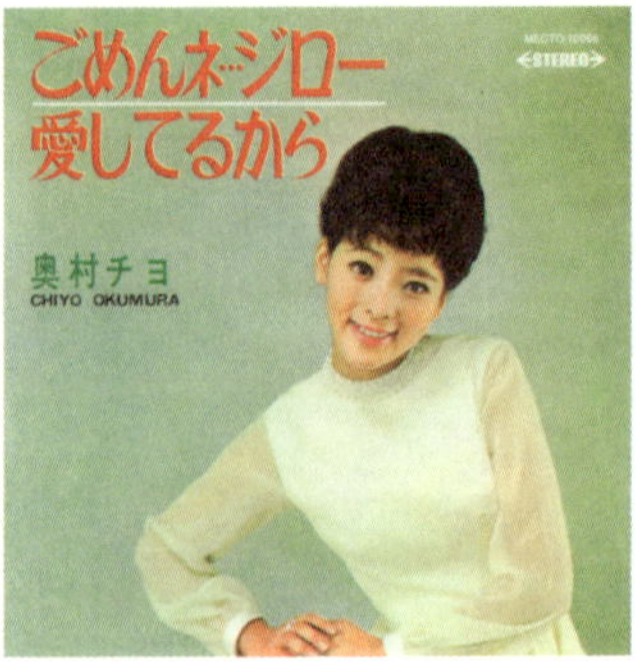

奥村チヨ
ごめんネ…ジロー
1965 年

倍賞千恵子
さよならはダンスの後に
1965 年

加山雄三
君といつまでも
1965年

菅原洋一
知りたくないの
1965年

赤提灯の先には、ビル・エヴァンス

高台の上の旅館から高台の上をそのまま西へまっすぐに歩くと、やがて線路沿いの道に出た。道は僕にとっては下り坂だった。僕は坂を下っていった。線路のスロープに沿った側には歩道はなく、歩道は僕が歩いている側だけだった。

坂を途中まで下ると、飲み屋が二軒ならんでいた。見分けのつかないほどによく似た二軒で、どちらも軒下に赤い提灯を下げていた。その提灯も似ていた。ただし片方には、お酒、と太い毛筆で書いてあり、もういっぽうの提灯には、その縦幅いっせいに、お酒処、とあった。二軒の飲み屋のすぐ下に、小さな白い二階建ての建物があった。壁から四角に突き出ている看板によれば、ここも酒の店だった。白い壁にはそのまんなかにドアだけがひとつあった。そのドアは坂を降りていく僕に向けて、半開きになっていた。僕はそのドアにさしかかった。

音楽が聞こえていた。LPを再生している音だ。聴いた記憶のある曲だ、と僕は思った。思うとほぼ同時にその曲は終わった。半開きのドアの前を歩いていくとき、次の曲が始まった。『ハウ・ディープ・イズ・ジ・オーシャン』だ、と僕は思った。ピアノはビル・エヴァンスだ。彼のトリオによる演奏だ。さきほど終わりの部分だけを聴いたのは、『ナルディス』という曲だ。いま聴こえているのは、それに続く確か六曲目の、『ハウ・ディープ・イズ・ジ・オーシャン』だ。再生されているのは『エクスプロレーションズ』というLPだ、と僕は思った。このLPを僕は持っていた。何度も聴いた。これからも聴くだろう。

まさかここで聴くとは、と思いながら僕はドアの前をとおり過ぎた。そして僕は振り返った。半開きのドアの内側が見えていた。僕がそのまま坂を下っていくに連れて、LPの再生音は遠のいていき、やがてほとんど聞こえなくなった。

坂を下りきった僕は、道を線路のほうに向けて渡った。そしてガードをくぐった。くぐって左へ曲がると、駅の東口の小さな改札があった。券売機で切符を買い、僕は改札を入った。階段に向けて歩きながら、ドアが半開きだったあの酒の店に関して、ふと想像した。客はいないようだった。一日の営業は終わったのだ。店のなかには男性がひとりだけいて、彼はカウンターの端にすわり、LPの再生される音をスピーカーから受けとめながら、LPのジャケットを見ている、という光景の想像だ。想像のなかの彼は、なにからなにまで僕とは違うのだが、年齢だけはおなじような年齢だった。

ビル・エヴァンス
エクスプロレイションズ
1961年

スリー・レイニー・ナイツ・イン・トーキョー

空気がまったく動いていない、という印象のある曇った灰色の午後だった。やがて雨になるかもしれない、とは思いもせず、僕はその喫茶店に入った。神保町の靖国通りの北側で一本だけ裏に入った路地のなかほどの、小さな喫茶店だ。奥の隅の席が空いていた。差し向かいのふたり用のテーブルだ。

コーヒーは店主がネル・ドリップで淹れてくれる。注文したそのコーヒーはすぐにテーブルに届いた。今日は『タイム』に二百字詰めの原稿用紙がほぼ一冊、はさんであった。テーブルに置いた『タイム』のかたわらに、コーヒーの分厚く白いカップが受け皿に載っていた。その様子を僕はしばらく眺めた。

僕はコーヒーを飲んだ。さて、原稿だ、と僕は思った。二百字詰めの原稿用紙で二十四枚の原稿だ。どのようにまとめればいいか、自宅からここまでの間に、ほぼ考えた。考えて頭のなかにいまもあることを、縦書きの原稿用紙に横書きで、個条書きしようと思った。

ジャケットの内ポケットからホルダーにつけた鉛筆を取り出した。鉛筆を差し込み、まわして固定する部分をゆるめて、なかに引っ込んでいる鉛筆を引き出し、ほどよいところで止めて金具を締め、鉛筆を固定した。

個条書きしたものを僕はコーヒーを飲みながら観察した。どこにも不足はないように思えた。だから僕は、その個条書きのとおりに、原稿を書き始めた。締切りは今日の夕方だ。時間は充分にあった。

三分の一ほど書いたところで僕は鉛筆を置いた。店のドアの、透明なガラス越しにふと外を見た。歩いていた中年の女性が、歩きながら傘をさす様子を、ガラス越しに僕は見た。赤い小さな傘だった。それからしばらくして入って来た男性のひとり客が、ドアを入ったところで立ちどまり、濡れている傘をたたんだ。

雨が降り始めた。僕は傘を持っていなかった。数多くならんでいる店の軒づたいに、さほど雨に濡れることなく移動することの出来るルートを、僕は神保町のなかにいくつか持っていた。この喫茶店を出て右へ斜めにいけば、洋菓子店の日除けの下に入ることが出来る、と僕は思った。頭のなかに浮かぶ店先の景色のなかに、僕を置いてみた。洋菓子の店は靖国通りの角にあり、歩道に張り出している日除けの下をまわり込むと、靖国通りの歩道の上を覆う屋根の下に出ることが出来た。

この屋根の下を歩いていき、屋根が終わりになる手前で左へ路地に入ると、ほんの数歩で喫茶店の前だ。いまいる喫茶店を出たら、いま思ったとおりに歩いて、まずその喫茶店に入ろう、と僕は思った。原稿が三分の一を越えたところで、僕は喫茶店を出た。雨は降っていた。さきほど想像したとおりに僕は歩き、ほとんど濡れることなく、路地のなかほどの二軒目の喫茶店に入った。

壁ぎわの席で僕はコーヒーを注文した。コーヒーがテーブルに届くまで、ぼんやりしていた。店内に向けてスピーカーから再生されている音楽を、僕は受けとめた。『ワン・レイニー・ナイト・イン・トーキョー』という題名の歌だった。僕は名前を知らない日本の女性歌手が歌っていた。彼女が歌う歌詞を、僕はその歌詞のままに、たどっていった。

とある雨の夜の東京では、舗道が濡れているそうだ。その濡れた舗道に街の灯が映れば、揺れ動くかのように見える灯が、さしたる理由もないままにせつない、と彼女は歌った。なんにもいらない、とその歌の主人公になりかわって、歌手は歌った。この雨の夜はふたりだけの夜だから、そのふたりが瞳を交わし合うことによって、ワン・レイニー・ナイト・イン・トーキョーは前方へと延長され、そこにあるのはアイ・ラヴ・ユーであり、それはオー、イエスなのだ。

一番の歌詞をそんなふうにたどっていた僕のテーブルに、コーヒーが届いた。コーヒーをひと口だけ飲み、僕は左手首の腕時計を見た。締切りの時間までに余裕は充分にあった。僕が鉛筆で書いていく原稿は、その喫茶店でなかばを越えた。ひとしきり書いて鉛筆をホルダーのなかに収め、僕は次の喫茶店までのルートを頭のなかで選んだ。

路地から靖国通りへ出て、歩道の屋根の下を神保町の交差点まで歩き、そこから地下鉄への出入口の階段を降り、交差点の下を地下で横切り、靖国通りの南側へ渡り、ひとつだけある出口への通路を歩いて階段を上がると、白山通りの前に出る。そこから左に向かって路地に入れば、すぐ前が喫茶店だ。

ここに入って二階へ上がり、隅の席で原稿を仕上げればそれでいい。喫茶店の入口にはいつも赤電話が台の上に置いてある。書き上げた原稿を渡すべき編集者には、その赤電話で電話をかければいい。編集部からその喫茶店まで、傘をさして雨のなかを歩いたとして、十数分の距離だった。

路地のなかほどの喫茶店をまるで予定の行動のように出た僕は、思い描いたとおりの単純な経路を歩き、地下の通路で神保町の交差点を越え、出口の階段に向かった。地下の通路で交差点の向こうへいく場合にも、交差点を越える、という言いかたをしていいのだろうか、などと思いながら僕は、出口の階段を上がった。

雨は降っていた。しかし僕はほんの数歩で、三軒目の喫茶店に入ることが出来た。二階は空いている時間だった。隅の席にすわり、紅茶にしようかという思いを取り消して、ここでも僕はコーヒーを注文した。

コーヒーを待たずに僕は原稿を書き始めた。三Bの鉛筆の芯の先端が、短く丸くなっていた。地下鉄の出入口を出たところで鉛筆を削るべきだった、と僕は思った。あの一角は、立ちどまって鉛筆を削るのに、最適の場所ではないか。丸い芯のまま僕は原稿を書いた。テーブルに届いたコーヒーには手をつけなかった。

原稿をほぼ書き上げてから、かなり冷えたコーヒーを僕はひと口だけ飲んでみた。店内の音楽を僕は受けとめた。男性のコーラスで歌われているその日本語の歌に、僕はごく軽く既視感のような感覚を覚えた。さきほどの喫茶店で、若い女性歌手の歌で聴いた、『ワン・レイニー・ナイト・イン・トーキョー』だった。歌詞が別のものであることにはすぐに気づいた。

ここで受けとめるこの歌のなかでの雨の夜の東京では、その雨は小雨で、降っている時間は当然のこととして夜だ。歌の主人公はひとりの女性だ。夜の小雨は彼女にとって、なぜか淋しい。その淋しさのなかで彼女の胸に浮かんで来るのは、あなたとしんみり話をしてみたい、という気持ちだ。そのあなたと、彼女はすでに別れた。なにも言わずに、あの夜、別れた。つれない男だ、と彼女は彼のことを恨んでいるという。ワン・レイニー・ナイト・イン・トーキョー。そこに降る小雨は、やるせない雨だ。

冷えたコーヒーをさらにひと口だけ飲んだあと、僕は原稿を書き上げた。左手首の手巻きの時計を見た。編集者に電話をすべき時間だった。ホルダーの鉛筆をジャケットのポケットに戻し、原稿用紙を『タイム』にはさんで席を一階へ降りて支払いをすませ、店のなかに引き込んである台の上の赤電話で、編集部に電話をかけた。電話にはほかの男性が出て、編集者に取り次いだ。

「出来たかい」

と編集者は訊いた。

「出来ました」

「いま、どこだ」

喫茶店の名前を僕は彼に伝えた。

「では、そこへいくよ」

と言ったあと、

「飯にするか。ちょうどいい時間だ」

と彼は言い、

「なにを食いたい？」

と僕に訊いた。

「ロシア料理の店がすぐ近くです」

「あの店か。ロシア炒飯というものがメニューにあって、これがうまい。ボルシチに、これだ。ほかになにか余計なものを食って、仕上げはズブロッカだ、つきあえ。この電話を終わったら、すぐに予約の電話をしておく。おっと、待った、ひとり誘おう。女性だ。いいかい」

「どうぞ」

「うちで制作・進行を担当してる美人がいるのは、知ってるだろう。いま姿が見えた。訊いて来る。このままちょっと待ってくれ」

僕はしばらく待った。電話に戻った彼は、

「来てくれるとよ」

と言った。

「相手はお前だと言ったら、歓迎です、と答えた。三人で夕食だ。店へ向かってくれ。俺たちはタクシーでいく」

電話はそこで終わった。店の軒づたいにすずらん通りへ出た。屋根のある歩道を東へ向かった。道の向こう側へ渡ろうとして、僕は歩道の縁に立ちどまった。レコードと楽器の店だった。店のなかから『ワン・レイニー・ナイト・イン・トーキョー』が聞こえて来た。歌詞は英語だった。歌っているのはブレンダ・リーだ、と僕は思った。

行き場のない淋しい男がひとり。髪に雨の雫をとめた女がひとり。このふたりが出会えば、そこに生まれるのは、ペアというふたりだ。彼女の髪のヘアが、ペアと韻を踏んでいた。店の前の歩道の縁に立って、歌として進展していく歌詞を、僕は受けとめた。

これはいつだってかならずあることだ、と歌詞は言っていた。季節を選んだりはしない。「アイ・ラヴ・ユー」と彼が言えば、もうほとんどなにも出来ないのが、ワン・レイニー・ナイト・イン・トーキョーだ。

ブレンダが歌い終えて、僕はすずらん通りを向こう側へ渡った。右手を雨のなかに差し出し、掌に雨を受けてみた。東京の雨の夜の始まりが、そこにもあった。

日野てる子
ワン・レイニーナイト・イン・トーキョー
1965年

和田弘とマヒナ・スターズ
ワン・レイニー・ナイト・イン・トーキョー
1965 年

ブレンダ・リー
ワン・レイニー・ナイト・イン・トーキョー
1965 年

なにか叫んでいる人がいるね。名調子だね

そのホテルのプールサイドがどこにあるのか僕は知らなかった。ロビーでホテルの人に訊いたら、

「プールサイドは三階のテラスでございます」

という答えだった。

僕はエレヴェーターで三階へ上がった。エレヴェーターを降りると、赤い矢印の下にプールテラスと書き添えた案内板が、金属製のパイプ支柱に取りつけられて、壁に寄せて立ててあった。その矢印の方向に僕は歩いた。角を曲がると前方に明るく外が見えた。

そこが三階のテラスだった。僕はそこへ出てみた。軒が大きく張り出して日陰を作り、そのなかに白く丸いテーブルと椅子が、いくつもならべてあった。テーブルにはひと組だけ客がいた。中年の女性たち三人がテーブルを囲んで話をしていた。彼女たちのハンドバッグが隣のテーブルの上に立っていた。

僕は腕時計を見た。待ち合わせの時間に十分遅れていた。僕は椅子にすわった。日陰の外は暑い陽光の直射しているテラスで、そのまんなかにプールがあった。プールではあるのだろうけれど、これは水槽でもいいのではないか、と僕は思った。正方形に近いかたちをして

いて、水が張ってあった。白くペイントを塗った分厚い縁取りが、プールの縁を囲んでいた。プールに人はいなかった。

プールの周囲には土色のタイルを敷いたスペースがあり、そこに赤、青、そして黄色のパラソルが三つだけ立ち、そのまわりに椅子がいくつかずつ点在していた。アルミニウムのパイプとヴィニールのベルトで作った椅子は、すわり心地が良くないだろう、と僕は思った。

プールを越えた向こう、僕の正面には、テラスの横幅いっぱいに白い柵が一直線にあり、その柵のすぐ向こうは、ホテルの建物の一部分である二階の屋根だった。プールの片方の端に照明灯が細く一本だけ立ち、何本かの樹木の頂上があちこちに見えていた。

ホテルの人が僕のテーブルへ来て、椅子にすわっている僕に丁寧にかがみ込み、

「お待ちのあいだになにかお飲み物をお持ちいたしましょうか」

と言った。

僕はなぜかジンジャエールが飲みたかった。だからその人にジンジャエールを注文した。彼が立ち去ってから、僕は考えた。お待ちのあいだに、と彼は言った。僕が友人の編集者とここで待ち合わせていることを、彼は知っているのか。知っているとしたら、なぜ、知っているのか。

日陰のこの椅子にすわってすぐに、ハワイアン・バンドのおそらくLPがどこかで再生され、人のいないプールに向けて、スピーカーから放たれていた。最初の曲は『南国の夜』だ

った。次はメドレーになった。『タ・フ・ワフ・ワイ』に『アカカの滝』そして『ワイカプ』のメドレーだ。そしていまは、『ケ・カリ・ネイ・アウ』だ。日本のハワイアン・バンドの演奏であることは間違いない、と僕は思った。

ジンジャエールが僕のテーブルに届いた。ホテルの人はうやうやしくテーブルにコースターを敷き、その上にグラスを置き、瓶のジンジャエールを注いだ。そして瓶をテーブルに置き、

「失礼いたしました」

と言って下がった。

僕はすぐにジンジャエールを飲んだ。飲みながら僕は想像した。椅子を立ち、ジンジャエールのグラスを持ち、プールの周囲を歩きながら飲んだらどんなだろうか、という想像だ。向こうの左の角で立ちどまり、分厚く白い縁に片足をかけ、プールの水のどこかを見つめ、ふと顔を上げて七月なかばの空を仰ぎ、その青さの一角を凝視してジンジャエールを飲むのだ。変わった人に見えるだろうか、と僕は思った。

ホテルの人が僕のテーブルへ、忍び足のような歩きかたで来た。そして次のように言った。

「お電話がかかっております。コードが届きますので、こちらのテーブルへ電話機を持って参ります。よろしいでしょうか」

持って来てください、という返答をその人が期待しているのは明らかだった。だから僕は、

「お願いします」

と答えた。

片手に黒い電話機、そしてもういっぽうの手には、いくつもの輪にして束ねた黒いコードを持ち、歩くにつれて輪をひとつずつフロアへと垂らしながら、ホテルの人は電話機を僕のテーブルへ持って来た。電話機をテーブルに置き、受話器を片手に取って僕に差し出し、

「どうぞ、お話しください」

と言った。

受話器を受け取って耳に当てた僕は、

「人のいないプールを眺めてジンジャエールを飲んでいる」

と、言った。

「すまない」

待ち合わせるはずの友人は、真面目にそう言った。彼の言葉の背景に、若い女性の鋭い怒鳴り声があった。彼に向けられた声であることは、すぐにわかった。

「なにか叫んでる人がいるね」

と僕は言った。なじるために声を大きくした結果、叫ぶようになっている声だった。

「すでに小一時間、この調子だよ」

と友人は言った。

「名調子だ」

「聞いてくれ」

「いま僕の目の前にある光景と、なぜか似合ってる」

「怒鳴られてるのはこの俺だから。いまは出られないよ」

「自業自得だろう」

「そうだとしても、待ち合わせは延期だ」

「三年後くらいか」

という僕の言葉に友人は笑った。

「明日にでも会いたい。しかし、今夜のうちが、ベストだな。陽が落ちたら、編集部に電話をくれないか」

聞こえているハワイアン音楽は、『カイマナヒラ』をへて、ふたたびメドレーとなった。『ホノルル・ハウ・ドゥ・ユー・ドゥ』という曲から『マナクーラの月』、そして『リリウ・エ』のメドレーだ。

「では、その時間に、電話するよ」

と僕は言った。背景に聞こえている女性の怒鳴り声はいちだんと激しくなった。メドレーが終わると次の曲は『ダヒル・サヨ』になった。

「この調子になると、収まるまで平均して二時間かかる」

と友人は言った。そして電話は終わった。

受話器を戻し、ジンジャエールを飲みほし、僕は椅子を立った。フロアを這うコードどおりに歩いていくと、ホテルの人のいるデスクが通路の角にあった。ホテルの人がそこにいた。

「ジンジャエールの代金は」

と僕が言うと、

「さきほどのお電話のかたから頂戴することになっております」

と答えた。

「電話機をテーブルまで持って来ていただいて、ありがとうございます」

という僕の言葉は、

「とんでもございません」

という反応になって僕に返って来た。

『ダヒル・サヨ』が終わり、三度目のメドレーが始まった。『月の夜は』に続いて『ナニ・ワレ・ナ・ハラ』、そして三曲目に移るとき、エレヴェーターのドアが開いた。僕はなかに入り、三曲目の題名がわからないまま、ドアは閉じた。僕は1のボタンを押した。

下降していくエレヴェーターのなかで、僕は次のようなことを思った。三階のプールサイドでいまも聞こえているあのハワイアン音楽は、LPを再生したものだ。そのLPのジャケットにはカラー写真が使ってあるだろう。ワイキキの沖の海上から撮ったダイアモンド・ヘッドの写真だ。遠景のダイアモンド・ヘッドに対する近景は、観光客たちを乗せて地元の男たちが浜辺に向けて砕け波に乗りつつ漕ぐ、カタマランに違いない。

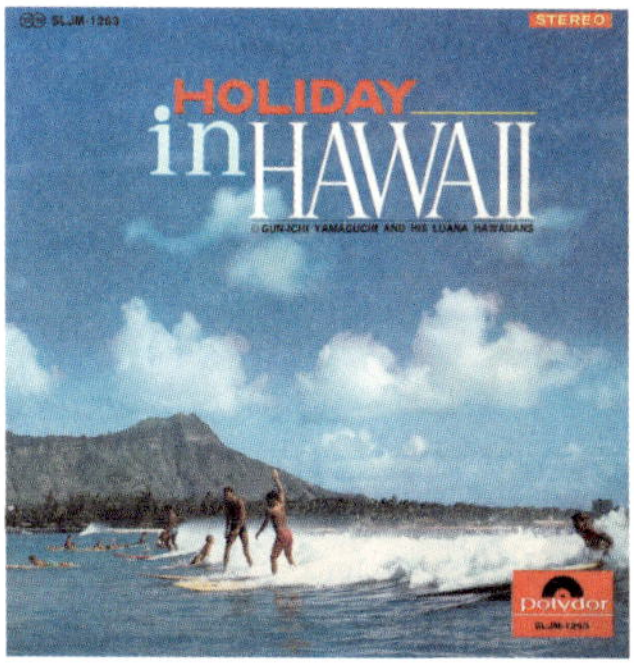

山口軍一とルアナ・ハワイアンズ
HOLIDAY in HAWAII
1966年

1968

コーヒーが三杯、赤電話が二回、ブレンダ・リーが七曲

いたるところに観葉植物の大きな鉢があった。赤ないしは緑色の人工皮革で覆われた座席は、すべてL字のかたちをしていた。だからこの喫茶店では、たとえばふたりの人がテーブルをはさんで向き合ってすわる、ということが出来ないのだった。座席の座面と背もたれは、どちらも存分に分厚いものだった。

月刊雑誌の編集者との打ち合わせだったが、彼がひとりで喋るのを僕が聞いては受けとめ、ときたま復唱するというスタイルが、最初から連続していた。編集者はなぜかコーヒーを二杯、飲んだ。僕のコーヒーは、残り半分ほどがカップのなかで冷えていた。

打ち合わせが終わって、僕たちはふたりでその喫茶店を出た。店の外で別れたあと、ひとりで歩きながら、僕の頭に浮かんだのはブレンダ・リーの歌声だった。打ち合わせのちょうどまんなかあたりで、店内の音楽は演奏から歌に変わり、その何曲目かがブレンダ・リーの『アイム・ソーリー』という歌だった。

二軒目の喫茶店でも僕は編集者と打ち合わせの時間を持った。そしてここでも、ブレンダ・リーの歌を聴くこととなった。今度の歌は『ジ・エンド・オヴ・ザ・ワールド』だった。英

語の歌詞を初めから最後まで、見届けるかのように僕は聴いた。

その喫茶店から五百メートルと離れていない三軒目の喫茶店で、僕は原稿を書いた。二百字詰めの原稿用紙に3Bの鉛筆で、すでに考えておいたとおりの展開で、指定された文字数どおりに原稿を仕上げた。原稿を書き始めてすぐに、ブレンダ・リーの歌がレコードの再生で店内に流れた。『ブレイク・イット・トゥ・ミー・ジェントリー』という歌だった。題名を英語で僕は原稿用紙の余白に書いてみた。

原稿を書き終えた僕は、待っているはずの編集者に、店の赤電話で連絡をした。電話機を載せた台は左右から観葉植物にはさまれていた。編集者は編集部にいた。

「その喫茶店まで、足早に歩いて五分だよ」

と編集者は言った。

「すぐにそこへいくから、待っててくれ」

だから僕は赤い人工皮革にくるまれた分厚い座面の座席にひとりすわり、冷えたコーヒーを少しだけ飲んだ。

編集者はすぐに来た。

「このまま編集部へとんぼ帰りをしなければいけない」

と彼は言い、テーブルにあった伝票をつまんで支払いのデスクへいき、コーヒー一杯の代金を支払った。僕たちは店を出た。交差点までふたりで歩き、そこで別れた。彼は交差点を渡っていった。

交差点に面した煙草店の角にあった赤電話で、僕は電話をかけた。よかったら新宿で会おう、夕方に電話をくれないか、と僕は編集者に言われていた。その編集者に、交差点を横断していく人たちを見ながら、僕は電話をかけた。新宿で会おうとは、夜になってからバーで、という意味だ。彼との電話はそのとおりの展開となった。落ち合う時間は八時にきまった。どのバーにするか、ああでもない、こうでもない、と彼は電話の向こうで楽しんだ。そして最後には一軒のバーにきまった。

時間どおりに僕はそのバーに入った。僕は初めてではなかった。待ち合わせ相手の編集者のなじみのホステスが、僕を片隅の席に案内した。

「彼も来るの？」

と、席のかたわらにしゃがんで、彼女が訊いた。

「来るはずです」

と僕が答えたとき、しゃがんでいる彼女のうしろに、編集者の彼がいた。立ち上がった彼女に、

「しばらく彼と話がある」

と彼は言った。

僕たちのウィスキーを彼女が持って来てすぐに、店内用に再生されているレコードで、ブ

レンダ・リーの歌を僕は受けとめた。『ラ・ヴィ・アン・ローズ』を彼女は日本語で歌っていた。ブレンダがメロディに載せる日本語の歌詞を、僕はたどった。

瞼を閉じて静かに聴く愛の言葉
夢を揺する囁き、風も歌う愛の歌
いつもあなたの胸に薫る花びら

「この歌を聴いてるのか」

向かい側の彼が言った。

「名前は俺もが知っている」

「これで四曲目です」

と僕は言った。

「どういう意味だい」

という彼の質問に僕は答えた。

「午後に僕は三軒の喫茶店をはしごしました。初めの二軒では打ち合わせです。どちらの店でも、途中でブレンダ・リーの歌が、店内用にかかりました。三軒目の喫茶店では原稿を書きました。そこでも店内用にブレンダ・リーの歌を聴いたのです」

「そしていまも」

ブレンダが日本語で歌う薔薇色の人生を、彼は片手で漠然と示した。

「それは面白い」

と言った彼は、なじみのホステスを呼んだ。席に来た彼女は、彼の隣にすわって斜めに向き合った。

「これで四曲目です」

「いま聴こえてる日本語の歌」

「はい」

「アメリカの女性歌手が歌ってるんだよ。今日の午後からこの時間までに、彼はおなじ歌手の歌を三曲も聴いて、これで四曲目だそうだ」

「いろんなお店でよくかかってるわね」

「ここでもレコードをかけてるのか」

彼の質問に彼女は両手の人差し指と親指とで、輪をひとつ作った。

「このくらいの大きさのレコードを」

「そのレコードには裏があるはずだ」

「そのとおりよ」

「裏もかけてくれないか。彼にとっては、それが今日のブレンダ・リーの、五曲目になるから」

「かけるのはいいけれど」

と彼女は言った。

「小さいながら三十三回転で、おもてと裏に二曲ずつなのよ」

「それは最高だ。ＥＰ盤というやつだ。残りの三曲をいまここで、続けてかけてくればいいんだ。合計でブレンダ・リーは何曲になるか」

僕は単純な足し算をした。

「七曲です」

「ブレンダ・リーによる一日だ。ブレンダ・リーで一日が終わる」

と笑顔で言った彼は、

「しかし、その一日の夜はまだ、終わってない」

と言い、次のようにつけ加えた。

「よし、この店のあと、もう一軒だけいこう。そこでもブレンダ・リーが、かかるかどうか」

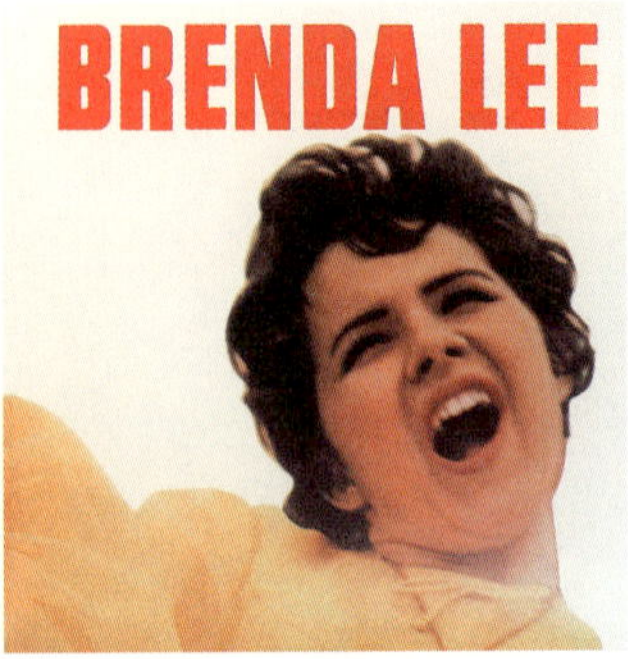

ブレンダ・リー
I'm Sorry
（『BRENDA LEE』に収録）
1960年

ブレンダ・リー
世界の果てに
1963年

ブレンダ・リー
Break It To Me Gently
（『Let Me Sing』に収録）
1963年

ブレンダ・リー
バラ色の人生
1965年

今日のコーヒーは、ひときわ苦いな

神保町を抜けていく靖国通りの南側、駿河台下の交差点と神保町の交差点との、ちょうど中間あたりでその日の午後、先輩の漫画家と偶然に会った。

「おや、おや、昨日とおなじだね」

と先輩はおだやかに言い、次のように続けた。

「俺は本を探しに来た。きみは仕事かい。コーヒーを飲まないか。つきあってくれるか」

路地に入るとさらにその脇道に、喫茶店が二軒、斜めに向き合っていた。そのうちの一軒に僕たちは入った。奥のテーブルに向き合ってすわり、

「ここは落ち着くな」

と先輩は言い、ふたりはおなじコーヒーを注文した。

「いきなりこんな話でなんだけれど、歩いてて今日はなにかが変なんだ。おかしいな、体調が落ちてるのかな、と思ったけれど、そうではなかった。やっと気がついた。交差点で信号を待ってるとき、都電が走っとらんことに気づいた。そうか、都電がなくなったのだ、だからなにか変なのだ、と気づいた。おもての靖国通りだよ。レールやポイントはそのままだけど、もう都電は走っとらん。昨夜、花電車になった最後の運行を、昨日も偶然に会ったきみ

といっしょに見届けたよな。あそこでひとつ時代が終わった。今日は次の時代がとっくに始まっている。一夜にして変わったんだ。長いあいだ有り難うございました、と車体に貼った幕には大きく書いてあった。都電は礼を言っておしまいかもしれないが、俺たちは続いている。そこが問題だよ」

コーヒーがテーブルに届いた。白く分厚いカップを持ち上げ、先輩は熱いコーヒーを飲んだ。そして、

「この苦さが今日は腑に落ちる」

と笑顔で言った。カップを受け皿に戻した先輩は、

「なにかが変わったと思わんか。都電がなくなったからと言って、センチメンタルな気持ちになってるからじゃないんだ。終わったものはじつは三、四年前にとっくに終わってた。入れ違いに、次のものが、すでに始まっていた。いまここでは仮に時代と言っておこう。ひとつの時代が終わり、次の時代が始まった。そんなことをきみは感じないか」

「感じます。なんとなく思っていたことの輪郭が、先輩の言葉でくっきりしていきます」

「そうか。きみもそう思うか」

先輩はコーヒーを飲んだ。しばらくコーヒーを見つめたあと、顔を上げて僕を見た。

「これまで、というものが、終わったんだよ。きみのこれまでとは、どんなだったか。お昼前に起きて食事をする。編集者から電話がある。今日は締切りだよと言われ、夕方には渡し

ます、近くから電話しますと答え、出かけてこの神保町へ来る。喫茶店をはしごしながら原稿を書いて、途中で別の編集者に電話して仕事をもらい、打ち合わせをし、三軒目の喫茶店で原稿を書き上げ、編集者と待ち合わせてそれを渡し、夕食もそこそこにビリヤードへいって夢中で過ごして十時過ぎだよ。定宿に電話して門限までに入りますと伝え、ビリヤードを出てその旅館のほうへ歩いていく。途中に何軒もバーがある。そのうちの一軒をのぞくと知ってる奴がいて、一杯だけ飲んで旅館へいき、風呂は熱い湯が出るから、顔と脇の下と股ぐらを洗えばさっぱりした気分になり、部屋から持って来た浴衣を着て部屋に戻るとなぜか布団が敷いてあり、もぐり込んで明日の予定を考えるまでもなく眠りに落ちて、気がつけは明日の十時過ぎだよ。こんなとこか」

「そのとおりです」

「旅館の部屋を出て、遅い朝食かい」

「おもての道に出てほんの少しいくと洋食の店があります」

「コロッケに海老フライの定食、そのあとコーヒー、そして古書店をめぐり、いい生活だよ。編集者に電話して喫茶店で落ち合って打ち合わせか。夜まで神保町にいるのか」

「そうなることもありますし、早めに自宅へ帰ることもあります」

先輩は深くうなずいた。そして次のように言った。

「そのような日々は、おそらく二、三年前から、少しずつ終わってたはずだ。次の時代の始まりが、そこに確実に重なってた」

「そのとおりです」

「俺もうかうかしてられないんだ。一九六八年、俺はとっくに三十を越えている。きみもすぐだよ」

僕たちはそれぞれにコーヒーを飲んだ。

「今日のコーヒーは、ひときわ苦いな」

と、笑いながら先輩は言った。

ほどなく僕たちはその喫茶店を出た。路地から脇道へと歩きながら、秋深い日の午後、淡い陽ざしを受けとめながら、

「終わった時代のなかに置いていかれたくないな」

と先輩は言った。おもての靖国通りへ出た。

「レコードは買ってるかい」

と先輩に訊かれ、

「買ってます」

と僕は答えた。

「あそこにレコード店がある。寄ってみないか」

先輩に誘われるままに、僕は輸入レコードのその店に入った。

「おたがいに、一枚だけ買ってみないか」

と先輩は言った。

彼が選んだのはファン・ダリエンソのタンゴのＬＰだった。僕が選んだ一枚は、アメリカから輸入されたジャズのＬＰで、抽象画をジャケットに使った、『ゲッツ／ジルベルト』という題名のものだった。

ファン・ダリエンソ楽団
EL REY DEL ESTEREO
1964 年

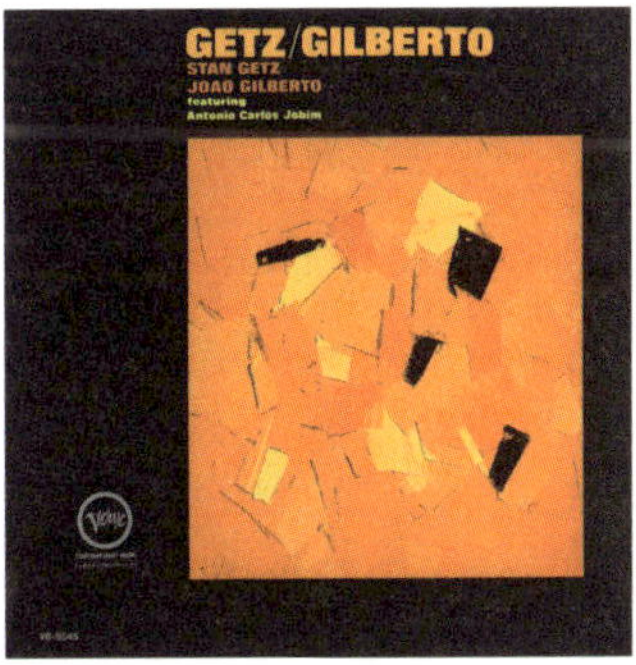

スタン・ゲッツ&ジョアン・ジルベルト
ゲッツ/ジルベルト
1964 年

メカニカル鉛筆は、美人と一緒に坂を上がり、そして降りる

鉛筆の芯だけ、と言っていい状態のものを文房具の店で見つけた。直径二ミリで長さは十三センチだ。そしてこれが十二本、長くて平たく薄いプラスティックのケースに入っていた。芯には何種類もあり、３Ｂもあった。

この芯を入れて鉛筆のように使う芯ホルダーが、芯とともに売られていた。芯ホルダーと、表記されていた。芯ホルダーは全長十三センチの、鉛筆とおなじかたちをしたプラスティックの軸だった。

芯ホルダーのいっぽうの端から出ている金属製のノブを押し込むと、もういっぽうの端にある金属製の小さな三角錐の先端の穴から、芯をホールドする金具があらわれる。その小さな金具は三つに分割されていて、三角錐の先端から出て来ると同時に開くから、直径二ミリの芯をそこから差し込む。芯はなかまで入る。芯をくわえる金具の先端から、ほどよい長さで芯を出せば、メカニカルな鉛筆ではないか。

鉛筆から木材をなくしたものが芯ホルダーだ、と僕は思った。鉛筆用に木材を選び、鉛筆のかたちに整形し、内部には芯を入れる溝を加工し、外側は六角形に整えて塗装するという

手間と、その手間の対象である木材が、プラスティックの軸と芯をホールドする金属製のメカニズムに替えてある。文字を書いていくと、芯はそれだけ減って短くなる。好みの長さだけ、いつでも、ホルダー軸のなかから、芯を引き出すことが出来る。

芯ホルダーは全長が平均して十五センチで、鉛筆の約二十三センチよりはるかに短い。この芯ホルダーに、芯をほどよく出した状態で全長十三センチのものがあることを、おなじ売り場で僕は発見した。深い緑色の六角形をしたプラスティック軸だ。この長さは正しい、と僕は思った。ポケットにいつも入れて持ち歩くことにとっての、正しさだ。

芯は十三センチだからそれを半分に折れば、十三センチの芯ホルダーになんの無理もなく収まるではないか。芯ホルダーに入れる芯の先端を削るための、芯削りという小さな道具も僕は発見した。長さは三十五ミリで、幅はもっとも広い部分で十二ミリ、そして厚さは刃のあるいちばん厚いところで五ミリという、じつに好ましい小ささだ。刃に向けて芯を差し込む小さな穴があり、その反対側は半分の薄さになっていた。しかも端のかたちは半円で、指先につまみやすいのだ。

芯ホルダー、3Bの芯をひとケース、そして芯削りを、それぞれひとつずつ、僕は買った。しばらく神保町を歩いたのち、しばしばいく喫茶店のひとつに、僕は入った。ドアを入って店のなかへと進むと、顔なじみのウェイトレスが壁ぎわの席を笑顔で示してくれた。僕はその席にすわり、原稿用紙を巻き込んで幅の広い輪ゴムでとめた『タイム』を、テーブルに置いた。

いつもの鉛筆ではなく、買ったばかりの芯ホルダーを使って3Bの芯で原稿を書くことにした僕は、買ったものの入っている袋をジャケットの内ポケットから取り出した。芯のケースから一本を抜き出し、半分に折り、ひとつをケースに戻し、もうひとつを芯ホルダーのなかに入れ、芯の先端を一センチほど出し、芯削りの穴に差し込み、削ってみた。

芯はきれいに削れた。小さな刃の上に、削られた芯の黒い粉が残った。フロアに捨てるほかなく、僕はその黒い粉をフロアに捨てた。ウェイトレスに見られたら叱られるだろう、と僕は思った。刃の上にわずかに残った粉を僕は吹き飛ばした。芯を削って出来る粉は、いまのように吹き飛ばすに限る、と僕は思った。街を歩きながら、ふと思い出したとき、この小さな芯削りをポケットから取り出し、人の邪魔にならないところに立ち止まって、ホルダーの芯を削ろう。

コーヒーがテーブルに届いた。テーブルの上にある芯ホルダーや芯のケースを、彼女は目にとめた。

「今日はいつもの青い鉛筆ではないの?」

と彼女は言った。

僕は芯ホルダーを手に取って彼女に見せた。

「このなかに芯が入っている」

と僕は言い、芯を長く引き出してみせた。

「そんなものがあるの」

「僕も初めて知った」

「それで書くのね」

「そうだよ」

「なにを書くの？」

「さあ、なんだっけ」

彼女は笑った。

「真面目な音楽をかけてあげましょうか」

という彼女の言葉に、

「お願いします」

と僕は答えた。

芯ホルダーの観察を続けていた僕がやがて受けとめたのは、スティーヴン・フォスターの名曲集の演奏だった。編曲はビリー・ヴォーンだということはすぐにわかった。そして演奏は彼がスタジオで指揮したオーケストラだ。

『タイム』から輪ゴムをはずし、逆に丸め、平らになったコクヨの二百字詰めを出し、最初の曲の題名を僕は書いてみた。

Jeanie With The Light Brown Hair　芯ホルダーの使い心地と3Bの芯の書きやすさを、僕は確認した。二曲目はMy Old Kentucky Homeで、三曲目のOh,Susannaが終わる頃、僕は原稿を書き始めた。なにをどう書けばいいかについては、お茶の水駅を出て路地へ入ったところにある喫茶店で、すでに考えてあった。芯ホルダーの使いやすさが僕を後押ししてくれた。

フォスター名曲集のB面の最初の曲はBeautiful Dreamerだった。芯ホルダーの3Bの芯で僕は原稿を書き続けた。フォスターの名曲集に続いて彼女がかけてくれたのは、ミルヴァのLPだった。最初の曲は日本語を歌う『ウナ・セラ・ディ東京』で、次の曲もミルヴァは日本語で歌った。A面とB面に七曲ずつあり、B面にも日本語の歌が二曲あった。そのLPが終わる頃、僕は原稿を書き終えていた。

芯ホルダーのうしろのノブを押し込み、先端のクラッチの金具を開き、芯ホルダーを上に向けて、芯をホルダーのなかに落とした。そしてノブから指先を離すとクラッチは閉じ、芯はホルダーのなかに閉じ込められ、芯の先端が口金から出ることはなかった。

芯ホルダーをジャケットの内ポケットに入れ、原稿は使わなかった原稿用紙とともに『タイム』のなかにはさみ、丸めて輪ゴムをかけた。僕は支払いをしてその喫茶店を出た。店の奥に視線を向けたのだが、ウェイトレスの彼女の姿は見えなかった。

外に出た僕は芯ホルダーの芯を削りたくなった。歩道の縁まで出ていき、そこに立ちどまり、ポケットからまず芯ホルダーを取り出し、芯を先端から長めに引き出した。そして芯削りをポケットからつまみ出し、小さな穴に芯を差し込み、ホルダーぜんたいを静かに回転させた。芯削りの小さな刃の上に、削られた芯の黒い粉が盛り上がった。それを僕は勢いよく吹き飛ばした。先端がほどよく削られた芯をホルダーのなかに戻し、芯ホルダーと芯削りをポケットに入れて、僕は歩道を歩き始めた。

喫茶店からウェイトレスの彼女が出て来た。秋の初めのごく軽いコートを彼女は着ていた。僕に気づいた彼女は笑顔になり、

「原稿は出来たの？」

と訊いた。

「真面目な音楽をありがとう。おかげではかどった」

「私はこちらへいくのよ」

と、駿河台下の交差点の方向を彼女は示した。

「僕もだ」

僕たちは歩道をおなじ方向へ歩いていった。

「今日は仕事はもう終わったのかい」

「終わりよ」

「自宅へ帰るのか」

「そうね」

「どこまで？」

と、僕は訊いてみた。

「市川」

と彼女は答えた。

「大きな踏み切りがあるのは知っている」

「あるわね」

「あの踏み切りを渡るのかい」

「反対の方向なのよ」

「僕は駿河台下の交差点を左に曲がって坂を上がっていき、お茶の水駅のすぐ近くの喫茶店へいく。そこで待ち合わせをしている」

「お仕事？」

「そうだよ」

「どなたと？」

「雑誌の編集長と。きみの喫茶店で書いた原稿を渡す」

と言った僕は、ふと思いついたことを、つけ加えてみた。

「いっしょに会わないか」

「私が？」

「いっしょに」

「お邪魔でしょう」

「けっしてそんなことはない。僕が原稿を書くところをきみは見ていたのだから、その原稿を手渡す現場も、ついでに見るといい」

「どんなお話をなさるのか、興味があるわ」

「どんな話になるかなあ」

と言った僕は、説明を加えた。

「いつも僕ひとりで会っているから、僕といっしょに女性がひとりいると、彼はとまどうかもしれない」

「本日のレコード係だと言っていただければいいのよ」

「それはいい。そう言おう。そのとおりなのだから」

というような話をしながら、僕たちは明治大学の前の坂道を上がっていった。

お茶の水駅のプラットフォームからの視点だと、真上と言っていい位置に、穂高という喫茶店があった。待ち合わせの場所はそこだった。

入ってすぐの四人用のテーブルに編集長が女性と差し向かいでいた。入って来た僕たちを見上げて、

「そんな予感がしたよ」

と彼は言った。

「きみもひとり誘って来たのか。俺もひとり、お願いして来てもらった。知ってるだろう、かつて三人で夕食をした。うちで製作・進行を担当してる美人だ」

椅子にすわった僕たちに、彼はさらに言った。

「いい時間に四人揃った。夕食にしよう。きみが伴って来た美人との馴れ初めについては、夕食の席で聞かせてくれ」

ふたりの女性たちはにこやかに挨拶を交わした。

「ひょっとして、きみたちは坂を上がって来たか」

彼の質問に、

「そうです」

と僕は答えた。

「駿河台下の交差点から」

「上がって来た坂を、今度は降りよう。今夜も、坂の下のロシア料理の店はどうだ」

僕も彼女も夕食は歓迎だった。

「私は自宅に電話します」

と彼女は言い、店の赤電話で電話をかけた。すぐに席へ戻って来た彼女は、

「お行儀良くいただくのですよ、と母に言われました」

と言い、僕たちは笑った。

「今度は俺が店に電話をする」

と編集長は言い、席を立って赤電話へ歩いた。席に戻って、

「予約はした」

と彼は言い、次のように続けた。

「バラライカの演奏があるそうだ。僕たちがこれから下っていく坂には、両側に歩道がある。きみはうちの彼女とその坂を下ればいい。僕はきみが伴った佳人と坂を下る。僕もきみも、相手の女性と初対面の話をしながら。そして店の前で合流しよう。彼とはすでに何度もいってる店だから」

彼は僕たち三人を順に見た。

「どうだい、こういう提案は」

と彼は言い、女性たちふたりは朗らかに笑った。そして僕が言った。

「忘れないうちに原稿を受け取ってください」

ビリー・ヴォーン楽団
郷愁のフォスター・メロディー
1959年オリジナル録音

ミルバ
ベストスター・ベストアルバム
1967年

楽しく美しい本を、まだ僕は一冊も作ってはいないではないか

七月は雨が多く、雨の日は気温が低かった。八月になると暑い日が続いた。今日もひときわ暑かった。午後から打ち合わせを三件、僕はこなした。そして午後四時過ぎには、今日の東京でもっとも暑い場所はここだろう、と真剣に思う場所に、僕はひとりでいた。

急いで神保町に戻ろう、と僕は思った。神保町でふと路地へ姿を消すと目の前には銭湯がある。この不快な汗をすっきり洗い流そう。着替えは銭湯に入る前に洋品店で買えばいい。銭湯を出たらいつもの定宿へいこう。部屋には冷房があった。そこで冷奴か。遊び仲間の編集者を呼び、四件目の打ち合わせをしてもいい。ビールは旅館の冷蔵庫のなかに何本も冷えているはずだ。

神保町へ向かう前に、この暑さから予備的な逃避をする必要がある、と僕は判断した。道の向こう側に百貨店の建物があった。広い道路の熱気のこもった交差点を渡り、百貨店の建物へ歩き、正面の出入口からなかに入った。百貨店は冷房が効いていた。人がたくさんいた。

奥のエレヴェーター・ホールへ歩き、上を向いているプラスティックの矢印に明かりの灯っているドアの前に立ち、やがて開いたドアをなかに入った。エレヴェーターの内部も冷房さ

れていた。僕は九階へ上がった。ここが最上階、つまり屋上だった。

エレヴェーターを出て人のいない通路を歩き、僕は屋上に出た。出たとたんに暑さの直撃を受けたが、百貨店のなかの存分に冷房された空気をしばらく受けとめたあとだったから、屋上の暑さにはそれを楽しむ余裕を見つけることが出来た。

屋上はそのぜんたいが丈の高い金網で囲まれていた。ぜんたいの造りはなんとなく遊園地であり、檻に囲まれた猿たちの小山の隣は，おなじく檻に囲まれた海亀の池だった。植え込みの鉢の前のベンチには、ひとり弁当を食べている年配の男性がいた。深さのあるアルミニウムの弁当箱を左手で持ち、右手の箸で白いご飯を、そしておかずを、無心に口へと運んでいた。彼の他には、屋上にいるのは僕だけだった。

接客に熱意のある店員が彼を見たなら、暑いお茶をお持ちしましょうか、と心から言うのではないか、と僕は思った。今日のような真夏の日には、ほどよく冷えた麦茶かもしれない。そんなことを思いながら屋上から建物のなかに戻った僕は、エレヴェーターの前をとおってそのまま狭い通路を歩き、階段を降りた。

そこは八階で、時計や貴金属の売り場だった。屋上で受けとめた暑さが、冷房された空気によって少しずつ中和されていくのを感じながら、僕は売り場ぜんたいをおおまかに見てまわった。

街を歩いているとき、ふと思いついて百貨店に入り、エレヴェーターで最上階へ上がり、そこから階段ないしはエスカレーターでワン・フロアずつ降りては売り場を見てまわる、という趣味が僕にはあった。なにも買わずに地下一階まで降り、食品売り場に辟易して一階に戻り、ネクタイ売り場のネクタイの列のあいだを抜け、都電の走るおもて通りへと出るのだ。七階は家具売り場だった。片隅には盆の祭壇の飾り用品を売っている一角があった。縦長の小型な提灯が僕の気持ちをとらえた。細い棒のような持ち手がついていた。買おうか、と一瞬、思った。

新宿から小田急線の電車で帰るとき、下北沢で降りて南口の商店街を歩いていき、それを出はずれた場所で道端に立ちどまり、この提灯の蠟燭に火を灯す。住宅地のなかを自宅まで十二、三分、提灯の明かりで足もとを照らしながらひとり歩く自分の姿を、僕は想像のなかに見た。

提灯は買わず、僕は階段で六階へ降りた。子供服、玩具、文房具などの売り場だった。文房具売り場の中心は、万年筆を陳列したいくつかのガラス・ケースだった。何本もの万年筆が、おごそかな雰囲気で、ガラス・ケースのなかの陳列台に整列していた。

ケースの前に立ちどまって、僕はそれらの万年筆を眺めた。パイロットの製品がならんでいるところに、サイニング・ペン、と手書きで表示した黒い軸の万年筆があった。サイニング・ペン、という言葉に僕の気持ちは動いた。

サインをする必要や機会など僕の日常のなかでは皆無に近かったが、サインをするための万年筆ならば、太い線が滑らかに書けるはずで、それは原稿を書くのにも適しているのではないか、と僕は思ったからだ。

制服にえんじ色のボウ・タイの若い女性店員がガラス・ケースの向こうに立ち、

「なにかお探しのものがございますか」

と僕に言った。

なにも探してはいません、ただ見てただけです、と頭のなかで言いながら、僕はガラス越しにサイニング・ペンを指さした。

「お試しください」

と彼女は言い、ガラス・ケースのなかの陳列箱からサイニング・ペンを取り出し、インク壺のインクをペン先につけ、試し書きのためのパッドを僕の手もとに置き、サイニング・ペンを差し出した。

僕はその万年筆を買った。たいそう書きやすかったからだ。太い線が滑らかに書けた。彼女がペン先につけてくれたインクは、黒いインクだった。黒いインクの万年筆で文字を書くのは、このときが初めてだった。僕は黒いインクも買った。原稿用紙の上でペン先の滑りは良く、枡目いっぱいに大きな字を大胆に書くことに、負担を感じさせなかった。次の日、僕はその万年筆でさっそく原稿を書いた。受け取った年上の編集者が、

「きみも黒いインクを使うようになったか」

と言った。

おなじサイニング・ペンを、おなじ百貨店のおなじ売り場で、おなじ女性に応対してもらいながら、ひと月のあいだにさらに二本、僕は買った。二本は予備として自宅に置き、もう一本は持って歩くのにいいのではないか、などと僕は思ったからだ。

これでサイニング・ペンはたちまち三本になった。おなじシリーズの万年筆で、太字のペン先のついているものを続けて二本、そして中字も前後して二本、僕はおなじ売り場で買った。僕より三、四歳は年下であるはずの、いつもの女性がどの場合にも応対した。中字の二本目を買ったとき、僕は彼女に次のように言ってみた。

「万年筆をこんなに買って、どうするんだろう、と思ってるでしょう」

この言葉に対する彼女の答えは、

「贈り物ですか」

というものだった。僕は笑った。

「一本や二本なら贈り物もあり得るけど、ここで僕はすでに七本の万年筆を買っています」

と僕は言い、少しだけ考えた彼女は、

「七人のかたに贈り物ですか」

と言った。これにも僕は笑った。ひょっとしたら彼女は、きわめて定型的な冗談を言ったのか、と笑いのおしまいの部分で思った。

「字をたくさん書くのです。原稿の字を」

と僕は言った。たくさんの字とは、具体的にどのようなことを意味しているのか、彼女には思い描けなかったようだ。

「活字になる原稿を、毎日のように書いているからです」

と言いなおした僕は、自分の失敗に気づいた。

読ませてください、ともし彼女が言ったなら、たとえばこれです、と彼女に進呈出来るような、楽しく美しい本を、まだ一冊も作ってはいないではないか、と僕は胸のなかで自分に言った。いま僕がたくさん書いている原稿は、一例として、娯楽雑誌のなかほどにある、紙に色のついた十八ページのうちの、うしろ半分の八ページにわたる、冗談に冗談を重ねたような漫文ではないか。

愕然とする自分をもうひとりの自分が、すぐかたわらでじっと見ている、という初めての体験がそこにあった。現実の僕は、店内を淡く流れていた音楽を、いきなり鮮明に受けとめた。アーサー・フィードラーのボストン・ポップス・オーケストラによる『ペルシアの市場』のなかの、蛇使いの旋律の部分だった。

アーサー・フィードラー指揮
ボストン・ポップス管弦楽団
ペルシャの市場
1958年オリジナル録音

1969

幼い僕は走った。琴の音が追いかけて来た

「あなたのお母さんのことを聞かせて」

低い声で彼女が言った。至近距離であるがゆえの、低い声だった。

「どんなことを？」

「あなたがまだ幼かった頃の、思い出のようなこと」

「幼いとは？」

「三歳、四歳」

「遠い昔だよ」

「なにか覚えてるでしょう」

「僕自身には記憶があるような、ないような、曖昧な状態なのだけど、母親が何度も繰り返し語ったことだから、それが僕の頭のなかでは、なかば自分自身の記憶へと、変換されている」

「どんなこと？」

「二階の窓からふたりで外を見ていた。僕はおそらく三歳だった。窓を開けると、出っ張った手すりのようなものがあり、窓枠にはすわることが出来た。着物の母親はそこにすわっていて、僕は窓枠の内側に立っていた。その窓の外は隣の家の庭で、かなりの広さがあり、木

立や草むらがほどよくあった。野生のリスが一匹あらわれ、僕たちに見下ろされていることには気づかないまま、草むらを小走りに木立のなかへ走っていった。僕も母親もそのリスを見た。そして母親は僕に向かって、ニャンニャン、と言った。

「三歳の僕に、リスと言ってもわからない、とお母さんは思ったのね」

「そのとおりだよ。しかし三歳の僕は、猫とリスとのあいだにある大きな違いについては、すでに認識していた。だから僕は母親に向かって、いまのは猫とは違います、と言った」

「そんな丁寧な言葉づかいだったの?」

「丁寧ではないんだよ。中立な言葉さ。相手によって使い分ける言葉は面倒だし嫌いだから、誰に対してもおなじ言葉づかいで対応するなら、このような言葉づかいになった。いちいち使い分けなくてもいいから、たいそう楽でもあったし」

「思考が正確になるような気がするわ」

「そうかもしれない」

「いまのは猫ではありません、と三歳のあなたに言われて、お母さんはどうなさったの?」

「びっくりした、と言っていた。どうせわからないだろうからニャンニャンと言ったことへの反省は、なかったね。いまのは猫ではありません、という僕のひと言への驚きを、母親は繰り返し語っていた」

「ニャンニャンではなくてリスという動物よ、と訂正なさったのかしら」

「訂正はしたと思う」

「リスという言葉や実体を、あなたはすでに知ってたの？」

「目のすぐ下をリスが走っていくのを見て、ニャンニャン、と言われたなら、いまのは猫ではありません、と言うだけのことは出来た。リスという言葉はまだ知らなかったと思う」

「ほかにもなにか聞かせて」

「僕が七歳くらいのときかな。なぜだか覚えていないけれど、葉桜の季節の晴天の日に、僕は母親と金帯橋を越えた向こうの、公園の入口にいた。母親の友人ないしは教え子の自宅を訪ねた帰りだったと思う。江戸時代から存続している武家屋敷の一角があってね。午後がもうじき夕方へと変わる時間だった。なぜだかその理由は見当もつかないけれど、僕はひとりで武家屋敷の道を歩いてみたくなった。それまでに何度か歩いたことがあったから、おもての道から武家屋敷のならぶなかへ入っていき、まっすぐ歩いて突き当たりを右へ曲がり、次の道をふたたび右に曲がってまっすぐに来れば、おもての道に戻ることが出来るという、碁盤の目の道の論理は知っていた。そのときは見事な葉桜になっていた、ひときわ太い桜の樹の前で待っている、と母親は言った。僕は武家屋敷の道へ入っていった。僕の記憶では、歩き始めたとたん、別世界に入り込むような、見事な武家屋敷がならんでいて、道の作りが別世界なら、道の両側にある溝の作りすら、この世ではないんだよ。黒い瓦を載せた白壁が続いて、白壁の向こうから松の樹が見えるその見えかたが、ほかのどこにもない、そこにしかない景色で、手入れがいきとどいてきれいだけれど、出来たばかりの新しいものではなく、そこで経過した時間の蓄積が、あらゆる部分にあるんだよ。白壁の高さとか、その上から見えている松までの距離とか。あらゆる部分が端正きわまりない正解で、その正解は奥が深く、見ていると次々に吸い込まれそうになる。人の気配がなく、じつに静かだった。歩いているのは幼い僕ひとりで、歩けば歩くほど、別世界の奥へ奥へと入っていくようで、そのことが、ある瞬間、怖くなった。僕は振り返って、戻ろうか、と思った。そのとたん、白壁の向こうにある武家屋敷のどこかからか、琴の音が聞こえた。琴を弾いている人が、屋敷のどこかにいたんだね。僕が感じ始めていた怖さは、いっきにその頂点に達した。世界というものはこの自分とはいっさい関係ないんだ、という認識が幼い僕にかぶさり、僕をくるみ込んだ。世界は自分とはなんの関係もないし、自分にはなんの関心もなく、その自分たるや、放り出されてただひとりであり、自分のほうから世界の片隅の小さいところに働きかけてなんらかの関係を作り、最終的にはその関係はおたがいを肯定し合うようなものにならないかぎり、自分はこの世界のなかでどうすることも出来ないのだという、まぎれもない孤独さという状態がいまの自分の身の上にあるのを、一瞬の閃きとして、七歳の男の子が知ったのさ。孤独という大前提に関する、驚愕の体験。幼い僕は走ったよ。琴の音が追いかけて来るんだ。さっき言ったとおり、碁盤の目の道は論理そのものだから、走っているとおもての道へと出ることが出来て、そこを公園の入口に向けてなおも走っていくと、葉桜の樹の太い幹の前で、轟由起子を中年にしたような顔の母親が待っているのを見て、すべてはあっけなく霧散した」

「いまのあなたによって語り直された、幼い頃の体験、ということね」

「いまの僕がこうして語るのだから」

「ピアノやヴァイオリンではなく、琴だったのね」

「武家屋敷だから」

「そしてその琴の音は、幼いあなたにとっては、怖いものだったのね」

「なんとも言いようのない怖さ。これぞ日本情緒だ、これはいいなあ、という呑気なとらえかたもあると思うけど、僕の場合は、その対極だった」

「単なる怖さではないわね」

「状況は怖かったよ。そしてその怖さの向こうに、さらになにかがあった」

「そしてそれは、大前提としての孤独、というものなのね」

「そうとしか言いようがない」

「七歳なら、けっして早くはないわね」

「いま思えば、まさに適齢だったと思う」

「待っていたお母さんのところに戻って、すべては消えたのね」

「少なくとも、そのときは。しかし、記憶は消えない。あのときの琴が、なんという曲を弾いていたのか、つきとめようとしたことがあった。ほんの二、三年前。琴のＬＰを何枚か買って来て、まず一枚を聴き始めて、自分の間違いに気づいた。あのときの体験が記憶にあれば、それで充分ではないか。曲名をつきとめて、どうするつもりなのか。何度も聴くのか。あのとき一度だけの、しかもごく小さな断片。それでいいではないか、と僕は判断した」

ではきみも、薄情けなのか

僕がしばしば記事を書いていた娯楽雑誌の編集長から、僕の自宅に電話があった。

「仕事」

と、編集長は言った。その口調には、電話越しではあったけれど、いつもの彼の表情がともなっていた。

「新たに、頼みたい仕事だ」

僕よりふたまわり近く年上の彼が言った。

「打ち合わせですか」

という僕の言葉に、

「喫茶店」

と彼は言った。

「いつもの」

「とは、どこのことだ」

と訊き返した彼の口調は、なかば笑っていた。僕たちは、喫茶店を、そしてそこで待ち合わせる時間を、きめた。だから電話はそこで終わったが、待ち合わせの喫茶店へ時間どおりに僕がいくと、編集長はすでに来ていた。電話の続きとして、打ち合わせはただちに始まった。

「毎月の連載。四ページ。四百字詰めの原稿用紙で十五枚以内。十五枚を越えるな」

吐き出すハイライトの煙とともに、彼が言った。

「内容は」

「ストーリー」

ひと言だけ答えた彼は指先で灰皿を引き寄せ、ハイライトを底にねじりつけて消した。

「酒場の女の薄情け、というフレーズを知ってるか」

「どこかで聞いたような気がします」

「流行り歌の歌詞の一部分だ。そう言われれば、わかるだろう」

「ここは地の果てアルジェリア」

「それだよ、その歌だ。その歌のなかに、酒場の女の薄情け、という言葉がある。ただし、地の果てはアルジェリアではなく、東京湾の埋立地だよ。次々に地の果てが生まれてる」

「その歌なら知ってます」

という僕の言葉に彼はうなずいた。

「はしごでまわるバーのどの店でも、この歌のレコードがかかった。いまはもう、そんなことはない。しかし俺の記憶のなかにはその歌詞がいまもあってさ、ある日いきなり、酒場の女の薄情け、というフレーズが、意識の表面に浮かび上がった。浮かび上がったそれを、俺が頭のなかで見ていたら、これはそのままタイトルに使える、と閃いた。酒場の女の薄情け、というタイトルの、読み切り新連載は、こうして生まれていく」

彼はそこで言葉を切った。僕の反応を待ったのだろう。しかし僕は黙っていた。

「なんとか言え」

「はあ」

「酒場とは、なになのか。誰にとっての、どのようなところなのか。酒場の女とは、いったい何者か。そして彼女がふと発揮する、薄情けとは、なになのか。それは、どんなかたちや内容をとるのか。発揮される状況は。薄情けに後腐れはあるのかどうか」

「ということを、一編ごとのストーリーにするのですか」

「読み切り。毎回、ひとりの女を、くっきりと描いてくれ。男は、みんなおなじだよ。姿かたちは違っても、内容的にはおなじでいい。薄情けとはなにか、しかも、酒場の女の」

「面白いですね」

「本当にそう思ってるか」

「思ってます」

「だったら、きみにまかせる。書いてくれ。締切りは再来週の今日。四百字詰め換算で十五枚」

「引き受けます。しかし、かなり難しいですね」

「くっきりと、読ませてくれ。毎回、ひとりの女を」

「舞台は酒場ですね」

という僕の言葉を、彼は次のように言い換えた。

「見知らぬ男と女とが、いきなり出会える場所だよ。初めての客が、一杯の安ウィスキーを注文すればそれだけで、店の女性と親しい口をきくことが出来る。あり得ないことだよ、一般の場所で普通にしてれば」

「酒場は、普通ではない場所なのですね」

僕の言葉に彼は静かに笑っていた。

「打ち合わせはそこまでだ。さて、冷えていくコーヒーを飲むか。いつもの、苦いだけのコーヒー。煮出してるからだよ。作り置きして電熱器で温めるから、酸化のしほうだいになる」

酸化したコーヒーのあと、僕たちは喫茶店を出た。

「これから、どこへ」

と編集長は訊き、

「神保町です」

と僕は答えたか。

「喫茶店で原稿書きか」

「夕方に締切りがひとつあります」

「煮出したコーヒーが、神保町でもきみを待ってるよ。神保町で会えばよかったな」

僕たちはそこで別れた。

僕は神保町へいき、喫茶店を二軒だけはしごして、原稿を書き上げた。編集者に電話をして待ち合わせの場所をきめ、そこで彼に原稿を手渡した。ふたりで夕食をしたあと、僕は新宿まで戻った。新宿駅を東口から出て、夜の始まりのなかを歩き、とある酒場に入った。

「あら、珍しい」

とホステスが言った。ミニ・スカートの美女で、美しい全身のいたるところに、ふとした瞬間、精悍な逞しさが宿った。僕を迎えた彼女は、

「ひとり?」

と訊いた。

店の奥をなかば振り返って、

「今日に限って、こんななのよ」

と言った。

彼女が言う、こんな、とは、中年の男性たちのグループが、奥の席で早くも上機嫌である、ということを意味した。

「誰かと待ち合わせ?ほんとに、ひとり?」

と彼女に訊かれながら、僕はカウンターの端の、ドアに近いストゥールにすわった。

カウンターのなかに入った彼女は、ウィスキーを少量だけ注いだ小さなグラスとコース

ターを、僕の手もとに別々に置いた。僕はウィスキーのグラスをコースターに載せた。僕に新連載を依頼した編集者は、一杯の安ウィスキー、と言った。その現物がいま僕の目の前にあった。それを見て思わず笑顔になった僕のかたわらへ来て僕の肩に腕をまわし、僕にかがみ込んだミニ・スカートの彼女が、

「なにをひとりで笑ってるの？」

と言った。

彼女の化粧の香りを至近距離で受けとめながら、僕は言った。

「酒場の女の薄情け、というフレーズのある歌を知ってるかい」

「もちろんよ」

と彼女は答えた。

「ひと頃は私のテーマ・ソングのようだったから。部屋に帰ってシャワーを浴びるとき、顔を上に向けると、お湯が口に向けて顔を流れ落ちて来るでしょう。そのお湯を口に受けては吐き飛ばしながら、よく歌ったわ」

「きみは酒場の女なのかい」

「もちろんよ。これを見て」

と彼女は言い、存分に短いスカートをたくし上げた。白い張りのある太腿が、その始まりの部分まですべてあらわになっていた。

「よく見て」

「ではきみも、薄情けなのか」

スカートの裾を両手で下ろした彼女は首を振った。そして、

「いったん情けになったら深いわよ」

と言った。

「その歌を聴きたい」

「うるさい客がいなければ、私が歌ってあげるのに。レコードはあるわよ。あそこのなかに」

と彼女が指さした棚には、三段にわたって、それぞれの紙袋に入った七インチ盤のレコードが、縦に詰まっていた。

「探して。見つけたら、かけていいわよ。ときたまいまみたいに私は脚を見せに来るから、遅くまでいてよ。静かになったら、私が歌ってあげる」

かがみ込んで僕に顔を寄せていた彼女は、まっすぐに背を起こした。

緑川アコ
カスバの女
1967年

フィルモアの奇蹟はさておき、エアプレーンもトラフィックの一手段だ

ドア・ノブのすぐ上に、黒く塗った小さな長方形の板が、おそらく接着剤で、貼りつけてあった。Mary Annと読める英文字がオレンジ色のラッカーを使って筆で書いてあった。どこかで見た書体だ、と思いながら僕はそのドアを開け、バーのなかに入った。

客はまだいなかった。若い女性がひとり、カウンターのなかにいた。僕を見て淡い笑顔になり、その笑顔を受けとめながら、僕はカウンターのストゥールにすわった。そして思いついた。ラッカーで書いてあった店名の書体は、ノーマン・ロックウェルのシグネチャーだ。これまでそれを何度見たことか。

「いらっしゃい。初めてね」

と僕の前で言った彼女は、

「初めてではないか」

と訂正した。

「つい先日、あいつといっしょだったかた」

「彼があいつなら、僕はこいつだよ」

と、僕は自分を示した。そして、

「きみがメリー・アンなのか」

と訊いた。

「アイ・ワンダー・フーね。あなたは？」

「ディア・ミスター・ファンタジーと呼んでくれないか。おなじく三語だよ」

彼女は涼しく笑った。

「あいつは来るの？」

「来る、とは言っていた。だから、待ち合わせではあるんだ」

「いい友だちなの？」

「得難い」

「それはよかった」

と彼女は言い、僕はカウンターの手もとに置いた一冊の本を引き寄せ、両手に持ち、ここだと見当をつけたページを、開いてみた。見当は正しかった。一万円札が一枚、そのページにはさんであった。その一万円札を僕は指先につまみ、カウンターの向こうにいる彼女に差し出した。きわめて中立的な表情で、彼女はそれを見た。

「あいつから。預かった。先日の、つけの代金。これで支払う、とあいつは言っていた」

「きれいね」

と彼女は言った。

「新券だそうだ。銀行が封を切った束のなかから、何枚かを受け取ったうちの一枚だそうだ」

「あいつが銀行からそんなものを受け取ったの？」

「そう言ってた。そのうちの一枚。せっかく新券なのだから皺にするなよ、と言われた」

「だから本にはさんであったのね」

「そのとおりだよ」

僕は指先に一万円札の新券を一枚、つまんだままだった。そして彼女はそれに視線を向けたままでいた。

「先日のつけは、それで充分に清算されるのよ」

「あいつもそう言ってた。残りは今夜、使うそうだ」

「忘れないうちに、伝票を書いておきましょう」

幼い子供に使うような口調でそう言い、彼女はカウンターの端へ歩いた。僕は指先に持ったままの一万円札を、開いた本の上に置いた。先日の彼が残した掛け金の伝票を見つけて掛け売りを相殺し、余った金額を繰り越し伝票に記入し、彼の名前を書いた。そして彼女は僕の前に戻って来た。

開いた本の上の、新券の一万円札をふたたび僕は指先につまみ、彼女に差し出した。彼女はそれを受け取った。

「新券とは、これほどきれいなものなのね。おそらく初めてよ、私が一万円札の新券を手にするのは」

裏に返したり斜めに見たりしていた彼女は、やがてその一万円札を、横にふたつに折った。カウンターの上で四つの角を合わせ、きれいに折り目をつけた。僕は彼女の指先の動きを見守った。白い指先の、的確で美しい動きに、不正確さに対する容赦のなさのようなものを、僕はふと感じた。

その指先の動きによって、ごく標準的な作りかたの紙飛行機がひとつ、思いのほか小さく、出来上がった。

「きれいだ」

と僕は言った。

「一万円札の新券で作った紙飛行機というものを、いま僕は初めて見る。しかも、女性の美しい指先が作った。不正確さを許さない、きっちりした指先の動きだった」

「飛ぶかしら」

と彼女は言った。

「飛ばしてみたら」

「きれいな直線で、すうっと飛んでいく途中、ふっと消えたら面白いでしょうね」

「ＳＦだ」

「ＳＦ作家のお客さんがいるのよ。何人も」

「語ってみたら。この紙飛行機を見せながら」

開いたままの本を僕は閉じた。

「まだお酒も出してないわね」

「あいつが来てからでいいよ」

「なにか音楽をかけましょうか」

「かけるとは、ＬＰかい」

「あるわよ」

「ジェファソン・エアプレーンの、最初のＬＰ」

という僕の言葉に彼女は笑った。

「それも、あるわよ。でも、あなたって、そんなことを言う人なの？」

「エアプレーンじゃないか」

と、僕は紙飛行機を指さして言った。

「ジェファソンはどこにいるの？」

と彼女は訊き返した。

マイク・ブルームフィールド&アル・クーパー
I Wonder Who ／ Mary Ann ／ Dear Mr.Fantasy
（『フィルモアの奇蹟』に収録）
1969年

トラフィック
Dear Mr.Fantasy
（『ミスター・ファンタジー』に収録）
1967年

ジェファーソン・エアプレイン
Jefferson Airplane Takes Off
1966年

雪は降る。「どうかよろしく」「こちらこそ」

神保町を横切る靖国通りから一本だけ北側の裏道にあるバーに夜の八時に入った。待ち合わせの相手とカウンターの席で三十分ほど話をしたとき、店に入って来た中年の男性が、

「降って来たよ」

と、叫ぶように言った。

「雨なら大粒の雨だけど、これは雪だから、なんと言えばいいんだ。大型の雪の結晶かい。積もるよ、間違いなく」

その言葉に僕の相手は、急いで話を切り上げ、

「電車が停まるといけないから」

と言い、代金を支払って店を出ていった。店は満員に近く、賑わっていた。大雪が降り始めたのだが、もう帰る、と言う人はひとりもいないようだった。

九時前になって入って来た男性が、

「ひゃあ」

と声を上げ、ドアを開いたままに外に向きなおり、膝から下の雪を払い落とした。近くに

いた何人かの客が外を見て、突然の銀世界だね、どうする、などと言って笑っていた。

僕は旅館のことを思った。靖国通りへ出てそれを渡り、すずらん通りを越えて三分もいけば、そこに旅館があった。僕の定宿だが、部屋を使うにしろ泊まるにしろ、前もって電話をしておく必要があった。その旅館に泊まることをきめた僕は、ジーンズのコイン・ポケットから十円硬貨をいくつかつまみ出し、カウンターにならべた。

「電話？」

と、カウンターの向こうにいたいつものホステスが訊いた。

「外は一面の銀世界だって。いま入って来たお客さんがそう言ってた」

と僕は彼女に言った。

「かなり積もってるらしいよ」

ふたたび客が入って来た。三十代の男たち三人だった。カウンターに席を空けてもらった彼らはそこにすわり、ここにいればアルコールの補給は出来るわけだ、と言って笑った。

「どうする？」

と僕はホステスに訊いた。

「どうしましょう」

「まだ降るよ」

「降るということは、積もるということね」

「これから旅館に電話する。部屋は確保出来ると思う。そこに泊まらないか。靖国通りを越えて少しだけ奥へ入ったところ。いつも使っている旅館」

「私は十一時までここにいるつもりよ」

「雪で帰れないよ」

「荻窪。駅から歩いて十二分」

と彼女は言った。

「無理だよ」

「そう思う？」

「思う」

カウンターに体を寄せ、上体を僕に向けて傾け、

「泊めて」

と彼女は囁くように言った。

店の隅の電話台へいき、僕は旅館に電話をかけた。女将が機嫌良く応対してくれた。

「いつものお部屋でよければ」

「最高です。泊まる人がもうひとりいます。女性です」

「男でも女でも、五人くらいなら」

「布団は僕が敷きます」

「力仕事よ」

「なんとかなるでしょう」

「十一時半までに入って」

「すぐ近くのバーにいます」

「なんだ」

と言って女将は笑った。

「お風呂が沸いてるわよ」

「いい湯になるでしょう」

「大雪よ」

「たどり着きます」

電話を終わって僕はカウンターの席に戻った。

「あなたの評判が悪くなったりしないの？　いきなり女を連れて来たりして」

「風呂が沸いてるそうだ」

十一時ちょうどに僕たちは店を出た。雪はまだ盛大に降っていた。見なれた街の景色は積もった雪の下だった。閉じたドアの前で、

「店は出たものの」

と僕は言った。

「歩けないわね」

首に巻いたマフラーを鼻まで上げて、彼女はそのマフラーごしに言った。そして、

「そうでもないか」

と指さした。

「軒の下の、雪のないところを歩いていけばいいのよ」

彼女の言うとおり、つらなっている商店の軒下には、雪のない部分が多かった。軒づたいに歩く人のうしろ姿が前方に見えた。僕たちは靖国通りの歩道に出た。歩道の上には屋根があった。

「交差点を渡ったほうがいいのよ」

何人もの人たちが歩いた跡をたどって、僕たちは交差点を渡った。途中で彼女は僕と手をつなぎ、

「やっとこうなったわね」

と言った。

「雪よ、降れ」

と僕は言い、彼女は笑った。靖国通りを東へ引き返し、すずらん通りに向けて脇道に入った。ここでも僕たちは軒下を伝わって歩いた。旅館の前まで、ほとんど苦労することなく、僕たちはたどり着いた。

「積もった雪をかき分けて歩くのかと思ったのよ」

僕たちは旅館に入った。女将がすぐに出て来た。

「おなじ部屋に泊めていただきます」

と僕はホステスを示し、彼女は深く礼をした。

「ご苦労様」

と女将は言い、

「それではあとはよろしく」

と、奥へ姿を消した。

広い階段を僕たちは二階へ上がった。いつもの部屋に明かりが灯っていた。僕たちはその部屋に入った。部屋を見渡した彼女は、

「修学旅行で泊まった旅館の部屋とよく似てる」

と言って喜んだ。

「匂いがおなじ」

「布団もおなじかな」

ふた組敷いてある布団のあいだに僕は立ってコートを脱いだ。

「ふた組が絶妙に離してあるね」

「ここから先はどうぞご自由に、という意味もあるよ」

「そうか」

「お泊まりになるのがご夫婦なら、もっとくっつけて敷くでしょう」

「お風呂が沸いてる、と電話で言っていた」

「入ったら？」

「お先に」

「見てくるわ」

「浴衣があるはずだ」

部屋の隅の籠に浴衣があった。四角くたたんである紐といっしょに、一着を彼女に手渡した。

「ここでこうなったら、お風呂に入るしかないわね。外は雪だし」

そう言って彼女は部屋を出ていった。

しばらくして風呂から帰って来た彼女は浴衣を着ていた。浴衣姿の彼女を僕は初めて見た。入れ違いに僕が一階へ降り、浴場に入った。まだ残っている湯気のなかに石鹸の香りがあった。

部屋に戻るとほの暗かった。僕は静かに引き戸を閉じた。こちら側の布団から絶妙な距離をとって敷いてある向こう側の布団が、ふくらんでいた。枕の上で向こうを向いている彼女の髪が見えた。部屋を見渡した僕は、彼女が入っている布団まで歩き、そのかたわらにしゃがんだ。そのまま二、三分の時間が経過した。

「なにしてるの？」

彼女の低くした声が言った。

「見てる」

「なにを？」

「この布団を。これはなんの模様だろうか」

「暗いでしょう」

「風呂には入ったよ。いい湯だった」

と僕は言った。やや間を置いて、

「次はお布団に入るのよ」

と彼女が言った。

「どちらの？」

と僕は訊き返した。返事はなかった。

「僕の布団は遠いところに敷いてある」

と僕は言ってみた。

「雪はまだ降ってるの？」

「風呂から部屋に戻るとき、外を見た。しきりに降っていた」

彼女の布団が大きく盛り上がった。布団のなかで彼女が片脚を高く上げ、降ろしたのだ。

「どうした」

「意味はわかるでしょう」

「女将に訊いてみようかな」

彼女は笑った。

「僕の布団はあんなところに敷いてある」

「そこへいけば」

「あとで」

と僕は言った。

「なにのあと?」

おそらくこのタイミングでいいはずだ、と僕は判断した。そしてその判断のとおり、彼女の布団に入った。僕に背中を向けたままの彼女は、

「店でアダモの歌が二度はかかったでしょう」

と言った。

「サルヴァトーレ・アダモ」

「アダモの好きな女性が店にいるよ。自分でレコードを買って来て、店に置いてあるの」

「今夜はぴったりだね」

と言った僕は、次のように加えた。

「日本語の題名は『雪が降る』だけど、歌い出しでアダモは、雪は降る、と日本語で歌ってる」

「雪は降る、あなたは来ない、となってるのだから。雪とあなたが、対になってるのよ」

「日本語の題名は、雪だけを問題にしてる、ということだ。だから、雪が降る、となるんだ」

「そのとおりね」

「そしてフランス語の原題では、降った雪、となっている」

「あなたはここにいるでしょう」

「どうかよろしく」

浴衣を身につけた彼女の全身が、ゆっくり、布団のなかで僕に向きなおった。

「こちらこそ」

と彼女は言い、両腕を深く僕の首にまわした。

ヴォーン・モンロー

Let It Snow! Let It Snow! Let It Snow!

(『The Very Best Of VAUGHN MONROE』
に収録)

1945年オリジナル録音

アダモ

雪が降る

1963年（日本語盤は1969年発表）

1970

こうでしかあり得ないからこうなった歌

おもての賑やかな通りから脇道を少しだけ引っ込んだところにある喫茶店で、僕たち三人は外の見える窓辺の席にいた。椅子にすわっているぼくたちの視線は、外の歩道を歩いていく人たちよりも、高いところにあった。ごく浅い角度ではあるけれど、外を歩く人たちを、僕たちは見下ろすことが出来た。

気持ち良く晴れた日の、午後やや遅い時間だった。窓の外の歩道にひとりの青年がさしかかった。その青年は白いスポーツコートを着ていた。ピンクのカーネーションを一輪、ラペルの穴に差していた。ブルーグレイのスラックスに濃い灰色の靴、そして靴紐はピンクだった。広い窓の前を歩いて、青年の姿は見えなくなった。

「見たかい」

と、僕の向かい側にいた友人が言った。

「見たよ」

と僕は答えた。そして、

「歌そのままだ」

とつけ加えた。

「なんていう歌だい」

「A White Sport Coat And A Pink Carnation」

一九五七年のアメリカでヒットした歌だ。

「知ってるよ。良く出来た、いい歌だ」

友人の左側にいるもうひとりの友人がそう言った。

「いま外を歩いていった青年は、しかし、浮かない顔をしてたね」

「白いスポーツコートにピンクのカーネーションなのに」

「だからこそさ」

と僕は言ってみた。

「あの歌を歌ったマーティ・ロビンスが作詩・作曲した。彼がどんなふうにあの歌を作ったか、たどってみると面白い。僕はかつて試みたことがある」

「Cメイジャーのフォー・フォーだ」

と僕が言った。

「C、Dm、G7、E、G7、C、Amというような、典型的な進行だよね」

「四分音譜ひとつが歌の最初に置いてあり、高さはGで、歌詞のいちばん最初のひと言である、Aなんだよ。エーではなくて、ア」

僕の言いかたに、テーブルの向かい側の友人は笑った。

「Gから始まって、A white といくのだから、white は高いほうのCでしかあり得なくて、長さは三拍。A white はソ・ドのフォー・フォーで、小節のおしまいに四分音符がひとつ、Eのところに残って、ここに歌詞の sport が載るんだ。A white と sport coat は、言葉の上ではもちろん、譜面でも対になるから、ソ・ドの内部に納めたミ・ソになるほかないという、これまた古典的な展開だ」

「A white sport coat という四つの言葉が、八拍に完全に載っている」

「歌そのものが、すでに出来てしまったようなものか」

と僕が言った。

友人はうなずいた。

「そう言っていいよ」

「では、そう言っておこう」

「続く歌詞は、and a pink carnation だから、and a の二語は、前の小節の最後の四分音符を八分音譜でふたつに分けてレ・ミとなり、pink carnation は長さとしては四分音符が八つで、pink が三、そして car・na の二語が一ずつで、・tion がふたたび三で、レ・ミと来たら次はファしかないのだから、ぜんたいはすんなりと、レ・ミ・ファ・ファ・ミ・レという左右対称だけど、おしまいのミ・レは、四分音符ひとつに付点二分音譜ひとつだ。この歌のタイトルであると同時に、メロディの上での、そして歌詞の上での主題である、A white sport coat and a pink carnation が、こうして出来てしまう」

「歌い出しの A white にメロディがついただけでも、この歌のぜんたいは出来たもおなじだけど、and a pink carnation まで出来ると、あとはこれのヴァリエーションだから、なんということもない」

「ギターだね。ギターを弾きながら作ってる」

「A white sport coat という歌い出しの部分の、いちばん最初の A ということばの高さをどこにすべきか、愛用のギターをかかえていると、ここしかない、という判断で本能的に、Gの音になるんだよ。そしてこの音に導かれて、高いほうのCが white のひと言を引き受けると、それに続く sport coat は、Gと上のCとのあいだに納まる高さで、繰り返されることになる。これも、そうしかならないからそうなる、という種類のものだね」

「英語の言葉のつらなりが、メロディを内蔵してもいるんだ」

と僕は言った。そして次のように続けた。

「and a pink carnation の部分が、音譜の上でせわしなく上下することは、英語の文法からしてあり得ないことだから、上下三度の振幅のなかで、言葉のリズムどおりの音譜で、レ・ミ・ファ・ファ・ミ・レとなり、最初のレの音の選択は、そしてそのあとに続く音のつらなりとともに、これしかない、という種類のものだから、レ・ミ・ファと上がったら、そこからファ・ミ・レと、自動的にと言っていいかたちで、下降していく」

「そして四分休符が待っている」

「そのとおりだ」

「そこからの歌詞を思い出させてくれ」

「I'm all dressed up for the dance. ここでのダンスとは、歌詞の展開でのちほどわかるけど、プロムというトラウマティックなストレスのことだ」

「I'm は高く上がるしかなく、しかもその高さは高いほうのCを越えないのだから、限度いっぱいにCまで上げて、そこからは下降するほかない」

言葉のリズムに忠実に、I'm と all と dressed の三つがどれも四分音譜で、続く up が二分音譜で、音の長さは三倍にのびる。for がおなじミの四分音譜で、for the dance はミ・レ・ミだが、レにはシャープがついて、ここではまだ終わりませんよ、続きますよ、とそのシャープが言っている。

「Aの部分が終わって、次はAダッシュの部分だからね」

「Aダッシュなのだから、A white sport coat and a pink carnation という言葉がおなじ譜面で繰り返され、そのことは続く I'm all alone までおなじなのだけど、このあとが巧みなのは、あるいは英語という言葉に完全に助けられて実現してるのは、alone のひと言が、a—と—lone のふたつに分けてあることだ。a—は四分音譜ひとつ、そして—lone は二分音譜ひとつ。all dressed up と all alone がおなじ譜面だよ」

I'm all alone に続く in romance の部分では、in が四分音譜ひとつ、そして romance は、四分音譜ひとつと二分音譜ひとつという、ふたつの音譜に支えられていて、Aダッシュはここで終わるから、レの音にシャープはつかない。

「さて、Bだね」

僕の向かい側にいる友人が言った。

「歌詞のぜんたいを見ておこうか」

Once you told me long ago

To the prom with me you'd go

Now you've changed your mind it seems

Someone else would hold my dreams.

ひとつのフレーズを、一度ずつ上げながら四回繰り返して八小節、というのがBの正体だ。Once you told me の Once you told までは、Aのなかにある and a pink carnation とまったくおなじ反復でBへと入っていき、told には付点四分音譜を与えるという工夫がしてあり、その結果として、その小節のなかで八分音譜がひとつあまるから、その八分音譜に me をまかせ、そのあとに続く long ago はレ―ミ―ファしかなく、それはAのなかの carnation のヴァリエーションだと理解していい。

先ほども書いたとおり、おなじフレーズを一度ずつ上げながら四回繰り返すと、Bになる。

ただし、Now you've changed your mind it seems のところでは、now と mind にシャープがつく。ここでBは終わりますよ、という意味だ。

Someone else would hold my dreams は、四分休符ひとつを初めに置いて二小節だが、二小節目の最後の四分音譜は、A white sport coat の、いちばん初めのAを引き受ける。曲の終わりでは、I'm in a blue,blue mood. の歌詞が、四分休符を初めに置いた四小節でしめくくられている。いちばん最後の言葉である。mood は二小節にまたがる長さで、最後に四分休符がひとつある。

「良く出来た歌だよ」

テーブルの向かい側で友人が言った。

「良く出来た歌とは、こうでしかあり得ないからこうなった歌、と言い換えてもいい」

「初めにも言ったとおり、A white の部分を、高いほうのドを頂点にしたソ—ドに引き受けさせたところで、そこからこの歌を最後まで展開させるための法則が、決定されたんだ」

「歌ってみようか。blue, blue mood のところを。ちょうど三人いるから、一語ずつ」

という僕の提案に、向かい側の友人は、ミの高さの四分音譜で blue と歌い、その左隣の友人も、おなじ高さそしておなじ長さで、歌の断片としての blue の一語を繰り返し、僕は二度下がったドで、mood. と歌った。

「長いよ」

と友人が言った。

「完全に四分音譜ひとつぶん、長かった。おしまいに四分休符がひとつあるじゃないか。その休符は、三拍目の終わりで、くっきりと終われ、という意味だから」

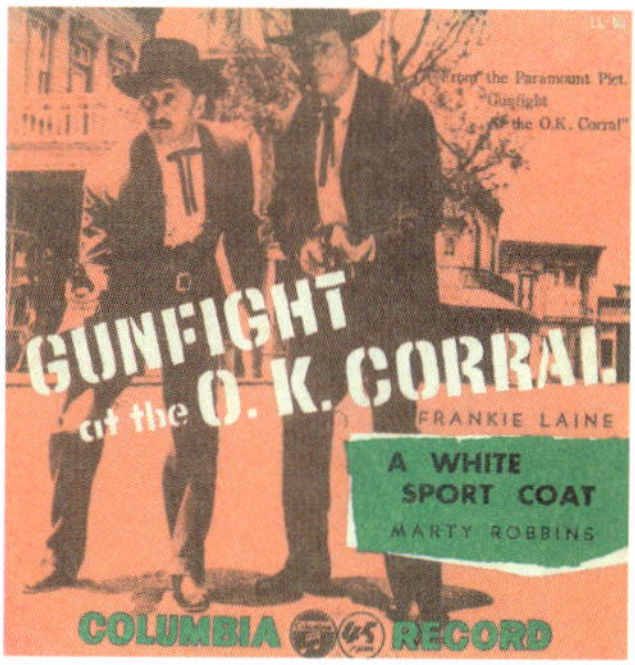

マーティ・ロビンス
白いスポーツコート
1957年

マーティ・ロビンス
A White Sport Coat (And A Pink Carnation)
(『The Story of My Life:
The Best of Marty Robbins』に収録)
1957年録音

1971

「すまない」と僕も言ってみたくなった

二階にはバーが三軒あった。いちばん左のドアを開き、店に入った。カウンターのなかに女性がひとりだけいた。彼女は僕に微笑した。客はいなかった。カウンターのなかほどのストゥールに向けて僕は歩いた。低く男の声が聴こえた。僕は立ちどまった。僕の表情を見た彼女は、口紅をきれいに塗った唇をすぼめ、右手の人さし指を縦にして、唇に添えた。そして電話をかけているしぐさをしてみせ、声が聴こえて来る位置を、おなじ手で示した。

僕はストゥールにすわった。目の前の棚にブレンデッド・ウィスキーの瓶があった。僕はそれを指さし、

「ほんの一センチ」

と彼女に言った。

男の低い声はまだ聴こえていた。

丸い厚紙のコースターを僕の手もとに置いた彼女は、底から一センチのところまでウィスキーを注いだ小さなグラスを、コースターのまんなかに載せた。

カウンターが壁のようになって見えなかった位置に、男がひとり、立ち上がった。スーツにネクタイの、三十代の細身の男性だった。カウンターの向こうにしゃがんで、電話で話を

していたのだ。カウンターの端にある電話機に、彼は受話器を戻した。

「すまない」

とだけ言った彼は、支払いをすませた。そしてバーを出ていった。カウンターをはさんで、彼女と僕だけになった。

「すまない、といまの人は言ったね」

「別に、たいしてすまなくもないのよ」

「僕も言ってみたい」

と言った僕を彼女はまっすぐに見た。彼女の視線を受けとめながら、

「すまない」

と僕は言ってみた。

きわめて淡く、彼女は微笑した。

無言の時間がしばらく続いた。

「レコードを聴きましょうか」

と彼女は言った。

「ここでスピーカーから歌が聴こえて来ると、少なくとも三人にはなるのよ。七インチのシングル」

と言って、カウンターの向こうの棚を示した。

「選んでみようか」

うなずいた彼女は棚まで歩いた。そして棚に詰めてあるシングル盤を二十枚ほど抜き出し、両手で持って戻って来た。

「持ちにくいのよ」

と言って、カウンターの上に置いた。二十枚ほどのシングル盤が、斜めに重なり合い、僕の目の前で横一列になった。一枚ずつ、僕は見ていった。すべて見終わってから、

「どれにする？」

驚くほど優しい口調で、彼女は訊いた。

1972

私の心のなかは、まっ暗闇よ。たぶん、おそらく、きっとね

その路地はいきどまりになっていた。路地の左右に建物があり、正面にも一棟あった。どれも木造の二階建てで、壊すとなったらどれも手間はかからない、という印象が強くあった。正面の建物の左端に、幅の狭い、片側の壁に手すりをつけた、急な階段があった。その階段を上がり、おなじ幅の通路を奥へいくと、突き当たりにドアがひとつあった。

そのドアを僕は開いた。なかは小さなバーだった。右側の壁のすぐ前にカウンターがあり、左手前のわずかなスペースには、低いテーブルとソファがあった。僕より十歳は年上の美人がひとり、カウンターのなかにいた。彼女が店主だ。今夜は女性は彼女ひとりだった。客はいなかった。

「来てないのか」

カウンターに歩み寄って、僕は言った。

「どなたが？」

「あいつ」

「あいつとは、どいつでしょう」

「どいつも、こいつも」

「いまのところは、あなたの友だちは誰も見えてないのよ」

僕はカウンターの手前の端のストゥールにすわった。僕の前へ来た彼女は、

「無理してお酒を注文しなくてもいいのよ」

と言った。

「ウィスキーを少しだけ」

と僕は言い、丸いコースターを一枚、彼女は僕の手もとに置いた。その上に小さなグラスを載せ、ブレンデッド・ウィスキーの瓶を手に取った。僕は小さなグラスの底に左手の人さし指を添えた。

「この指一本分のウィスキーを」

「ワン・フィンガーと言ったかしら」

彼女はウィスキーを注いだ。

「お客さんのロンドンみやげ。ずっとこれ。仕入れは、ただ。でも、こうしてグラスに注げば、代金はいただくのよ」

「と、とりとめのない会話を」

と僕は言ってみた。瓶をうしろの棚に戻し、彼女は僕と向き合った。

「とりとめのない会話を、年上の美人と」

と言ったところに、客が入って来た。三十代の男性たち三人の客だった。三人はカウンターのまんなかにすわった。三人ともおなじブランデーを注文した。三人は話に熱中していた。僕と彼らとの中間に立った彼女は、ふと僕に顔を向け、目くばせをしてみせた。意味はなにもないはずだ。だから僕は舌を出した。

三十分後に三人は店を出ていった。三人ともブランデーを二杯ずつ飲んだ。ふたりだけになって僕の前へ来た彼女は、

「キサス、キサス、キサス」

と歌った。そして、

「という歌があるわね」

と言った。

「あるよ」

「なんという意味なの？」

「たぶん、あるいは、おそらく。そして、たぶんとおそらくを重ねてひとつにすると、きっとね、となる。たぶん、おそらく、きっとね」

「シソ、ミファ、レミ、よね」

「八分休符がある。シソのあと、そして、ミファのあと。レミはレにシャープがつく」

「黒鍵ね」

「そのあとに四分休符がひとつ」

「キサス、キサス、キサス」

と、もう一度、彼女は歌った。そして、

「いま、あなたは、なにを書いてるの？」

と訊いた。

「いろいろ。あれやこれや」

「朝食の話を書いたら」

と、彼女は思いがけないことを言った。

「具体的なリアルに徹してもいいけれど、そうではない、ふわっとした文章もあって。すべて朝食の話。いろんな朝食。際限なくあるわよ。朝飯、朝御飯だと、日本のことになりすぎるから、あくまでも朝食で。ブレクファストはまだ無理ね。モーニング・ランチというものを食べたことがあったなあ。まだバーレスクで踊ってた頃。巡業でいった先。どこだったかなあ。白浜だったかな」

「いろんな話」

「つらぬくのは、朝食」

「短い文章」

「ちょっと長い文章も。いろいろ。書いてよ」

「いきなり全部は書けない」

「ノートブックに書いておくのよ。折に触れて。一冊のノートブックが埋まったなら、読みなおして整理するの」

「そこまで出来るなら、自分で書けばいい」

僕の言葉に彼女は首を振った。

「私は書けないのよ。だから、書ける人が書いて。面白くなるはずよ」

「確かに、いろんな朝食があるだろうね。朝食そのものだけではなく、その前後の事情など」

「新宿に出来たホテルの朝食、というものを、まだ私は経験してないのよ」

と彼女は言った。僕は続きを待った。

「経験させて」

というのが、続きだった。

「いつ？」

「明日の朝」

「今夜、泊まらなくては」

「泊まりましょうよ」

「ふたりで？」

と僕は訊いた。

「どなたかお呼びして、三人にする?」

彼女の言葉を受けとめたのち、僕は首を振った。

「そんな必要はない」

「そうよね」

「予約しようか」

カウンターの奥にある黒電話を彼女は指さした。ストゥールを降りて僕はそこまでいき、

「あの高層のホテルかい」

と訊いた。彼女はうなずいた。

「電話番号は覚えてるよ。あいつが、あそこのティー・ラウンジを気に入ってる。明るいうちに新宿で打ち合わせだと、場所はいつもあそこだ」

僕はそのホテルに電話をかけた。予約のデスクにつないでもらい、ふたり、ひと部屋、今夜一泊、という予約をした。名前と電話番号を告げて予約は終わった。受話器を戻した僕は、

「お聞きのとおり」

と言った。

「十九階の部屋だそうだ」

「そうときまれば、今夜はもうお店を閉めましょう」

僕は腕時計を見た。午後十時四十分を過ぎたところだった。

店を閉める、と彼女は言ったけれど、明かりを消して外からドアに鍵をかけるだけだった。ドアの前の明かりも消えていたが、急な階段の蛍光灯は灯ったままだった。

急な階段を僕が先に降りた。この階段を降りるとき、彼女はパンプスをぬいで片手に持ち、タイト・スカートを太腿の上までたくし上げ、片手を手すりに添わせる。先に降りながら僕はそのことを思い出した。

階段を降りた僕は、振り返った。階段を降りて来る彼女を見上げた。パンプスを片手に持ち、もういっぽうの手を手すりに添えて肘にバッグをかけ、タイト・スカートを腰までたくし上げた姿で、彼女は階段を降りて来た。僕の前でパンプスを地面に降ろして両足を入れ、

「私のどこを見てたの？」

と言った。

「いろんなところです」

「心のなかは見えた？」

と彼女は訊いた。

見えました、と答えたなら、心のなかにはなにがあったの、と訊き返すのではないか、などと僕は考えた。

「心のなかには、なにもなかったでしょう」

と彼女は言った。

「すっきり広々として、きれいな光が射してました」

僕とならんで歩きながら、彼女は首を振った。思いのほか真剣な表情で、彼女は言った。

「それはどなたか別のかたよ。私の心のなかは、まっ暗闇なんだから」

ナット・キング・コール
キサス・キサス・キサス
1958年

トリオ・ロス・パンチョス
キサス・キサス
1960年

ザ・ピーナッツ
キサス・キサス
1959年

アイ・ジョージ
キサス・キサス
(『アイ・ジョージのステレオ・ラテン第一集』に収録)
1961年録音

江利チエミ
キサス・キサス・キサス
(『チエミ ラテンを歌う』に収録)
1960年

トリニ・ロペス
キサス・キサス・キサス
(『ゴールデン・ラテン・アルバム』に収録)
1964年オリジナル録音

ザ・スターゲイザース
キサス キサス キサス
1961年

ヘルスセンターで、ジャニスは祈る

「東京駅から電車で来たのは正解だった」

駅前から乗ったタクシーが走り始めて、彼がそう言った。

「自動車だったら、いまごろはまだどこかの渋滞ぎみの交差点で、信号待ちだよ」

そう言って彼は外を観た。

「いい天気だ」

と言った。

天候の善し悪しの他に、彼はなにを見たのだろうか。

「ひときわだよな」

しばらくしてそう言った彼のひと言は、文脈も意味も不明だった。不明のままにしておいた。タクシーは走り、僕たちは無言でいた。

やがてタクシーは道路を離れ、ヘルスセンターの広い敷地に入っていった。

「正面につけますか」

と、ドライヴァーが肩ごしに彼に言った。

「本部のような事務所のあるところ」

と彼は答えた。

街のなかでは見かけることのない、これはいったいなにだろうか、と誰もが思うような建物には車寄せが立派に作ってあり、大きく張り出した軒の奥に、ガラスのドアがいくつもならんでいた。僕たちはタクシーを降り、彼が支払いをし、タクシーは走り去った。彼はあたりを見渡した。夏の終わりの、なぜかたいそう静かな、快晴の日だった。

「人がいないね」

彼が言った。

「営業はしてるはずだ。客はいるよ、ほら」

と、彼は指さした。数人の客が陽ざしのなかを歩いていた。

「しかし、もう九月だもんな。俺は挨拶して来る」

と、彼は軒の奥のガラスのドアを示した。

「来るかい」

という彼の問いに僕は首を振った。

「待っててくれ」

と言った彼はドアへ歩き、建物のなかへ入っていった。待っているとやがて彼がドアから出て来た。

「案内は断った。適当に見てまわろう。取材だと言ってくれれば、観覧車もカフェテリアも、すべて無料だそうだ。夕方の五時から劇場で、若い女性たちだけのビッグ・バンドの演奏があるそうだ。レパートリーはスイングだと言ってた。これは見ていこう」

陽ざしのなかを彼は見渡した。

「ここに出演してた女性の歌手を俺は知ってるよ」

ドアの前の軒下で僕たちは話を続けた。

「夕飯を勧められたけれど、どうする？　中華が自慢だって。食うか。六時から。八時過ぎに出て、十時くらいには銀座だよ」

僕たちは陽ざしのなかへ出ていった。彼が編集部にいる月刊雑誌に、このヘルスセンターとのタイアップで、広告としての記事を掲載する。担当は彼で、今日はその取材だ。記事の文章を僕が書く。

「あれだ」

と彼が言った。腕を上げて指さした方向を僕は見た。高い建造物が見えた。妙なかたちをしていた。

「あれだよ。高い滑り台。その名も、大滝すべり。レーンがいくつもあって、悲鳴を上げながら滑り落ちていくと、そこは浅いプールだ。水しぶきとともに、そこに滑り落ちる。ここの名物と言うか、売り物と呼ぶべきか」

そこに向けて僕たちは歩いた。ふと思いついたことを、僕は彼に語った。

「架空の女性をひとり作ろう。その彼女が、ここへ来て楽しむ、という設定の文章にしよう。彼女の台詞を効果的に使いながら、三人称の視点で」

「それはいい」

と彼は言った。

「それでいこう。華やかな広がりが出るよ。写真も欲しいな。顔は出さないにしても、水着の体をうまく構図にして。水着は薄い生地のワンピース。ヒールのあるサンダルで、薄くて大きなスカーフをスカートのように腰に巻いてる。ときに優雅に、ときには明るく若々しく。写真部に撮らせよう。モデルを連れて、ここへ来ればいい」

滑り台の建物の下から、僕たちは見上げた。滑り台の頂上に立った人が青い空を見上げていた。

「かなりの高さだよ。滑るかい。年齢によって高さの制限があるんだ。俺は滑りたいけどなあ。しかし海水パンツは持って来てない」

「貸してくれるよ」

「そうだな」

更衣室の建物が向こうに見えていた。

「確かに、これは高さがあるよ。評判になるのはよくわかる。東京湾が見えるだろうか。まずひとめぐりしよう。そのあと俺はここへ戻って来て、少なくとも三度は、滑りたい」

「見物するよ」

「しかしもう夏ではないなあ」

歩きながら彼は言った。

「こんないい天気で、陽ざしは強いけれど。学校は二学期だよ。みんな教室で勉強してるんだ」

屋外の遊興施設をひととおり僕たちは見てまわった。

「あとでパンフレット類はすべてもらうから。四人くらいの家族で来たら、楽しいかな。夏休みに。どうだ、やってみないか」

「まず家族を作らなくてはいけない」

「うちの受付にいる女性を、かみさんにどうだ」

「美人だね」

「おっかあが美人でないと、こういうところでは様にならない」

僕たちは笑った。

「喉が乾いた」

と彼は言った。

大食堂、と書いて矢印を添えた標識には、箒にまたがった魔女が描いてあった。その魔女が指さす方向は、矢印とおなじ方向だった。そして彼がその方向を指さした。

「なにか飲めるだろう。人のいない大食堂で男ふたり、差し向かいでビールはどうだ」

「悪くないね」

「ほんとにそう思ってるか」

「思ってるよ」

アメリカ風に造った平屋建ての大きな建物に僕たちは入った。奥の大食堂につながる廊下の途中にバーがあるのを、彼は目ざとく見つけた。ジュークボックスが片隅にある、四角くて広いスペースが手前にあり、その奥からバーに入ることが出来た。バーにはカウンターがS字にあり、棚には酒の瓶がぎっしりとならんでいた。ジュークボックスの反対側には玉突きの台が一台だけあった。

「開店休業かな。とは言え、まだこの時間だもんな。ここはダンスのための場所だよ。ほら、奥の隅にはステージがある。五、六人のハワイアン・バンドなら、この低いステージで充分に間に合う。ここに出演したらどうだ」

と彼は笑顔で言った。

「大学のときのバンドの名前は、なんと言ったたっけ」

「東京一番星」

「俺が売り込んでやろうか。お前はバンマスに見えなくもない」

僕は霜降りのTシャツに白い長袖のシャツを着てボタンはかけず、裾を外に出していた。よれよれのチーノに、黒い革のジョドファだった。

「陽焼けが効果を上げている」

僕はハワイから帰ったばかりで、陽焼けはまだ消えていなかった。

「ダンスのフロアだよ。バンドがいないときには、ジュークボックスのレコードで踊るんだ」

そう言いながら彼はジュークボックスへ歩いた。やがてジャニス・ジョプリンの『ムーヴ・オーヴァー』が、フロアを這うような音で聴こえて来た。僕たちはジャニスの歌を聴いた。

歌が終わって、

「メイビー・ユー・キャン」

と彼は言い、

「何度聴いても、ここだけわかる」

と言ったあと、独り言のようにつけ加えた。

「ジャニスに追い打ちをかけるとしたら、オールマンか。だけどオールマンはこのジュークボックスに入ってないんだよ」

ジャニス・ジョプリン
ジャニスの祈り（ムーブ・オーバー）
1971年

トラヴェリン・バンド。橋を渡る美人。黒いニットのタイ

夜が始まったばかりの時間に僕は自宅に帰った。さて、夕食か、と思ったら電話が鳴った。高校の三年間、おなじクラスにいた友人からだった。

「また祖師谷に住むことになった。長くなる、という予感がしている。下北沢は帰り道だよ。帰りに寄れる店を教えてくれ」

と彼は言った。

「大学もそのあとの就職も神戸だった。つい最近、東京へ戻って来た。下北沢は知っていても、帰りに寄る店は知らない」

「酒の店だね」

「積もる話もあることだし」

「さほど積もってないよ」

「だから酒は二、三杯かな」

と言って彼は笑った。

あそこへいってみよう、と僕は思いついた。この仕事はもう辞める、と言っている女性の

いる店だ。ひょっとして、今日は彼女が店に出る最後の日ではなかったか。

その店の名前と位置を僕は彼に教えた。

「そこで会おう」

「八時くらいか」

「ちょうどいい」

電話はそこで終わった。僕はひとりの夕食を作って食べた。帰って来たときとおなじ服装のままだった。僕は自宅を出て駅まで歩いた。ひと駅だけ電車に乗り、下北沢で降りた。南口を歩いてそのバーへいった。

カウンターに客が三人いた。初めて見る女性が、カウンターのなかでその三人に応対していた。奥のソファの席に友人と彼女がいた。立ち上がった彼女はカウンターの途中で僕を迎えた。

「私はもう辞めたのよ。でも、今夜は来てみたの」

と彼女は言い、カウンターのなかの女性を紹介してくれた。僕たちは店の奥へいき、ソファにすわった。三人がそれぞれ斜めに向き合う位置となった。

「よかった。会えて」

「田舎へ帰るのはもう少し先なのよ」

「四国の高知へ帰る、という話をいま聞いていたとこだ」

と友人が言った。ウイスキーのグラスを彼は手にしていた。おなじものを僕は注文し、彼女がカウンターのなかの女性に伝え、コースターとともに持って来てソファにすわった。コースターを敷いてその上にグラスを置いた。

「これまでにいったい何度、いまのようにコースターを敷いてもらったことか」

苦笑して友人が言った。

「記念のコースターだ。最後の日の」

「サインをしてもらい、日付を入れて保管しておこうか」

「きみのサインもな」

と僕は言い、

「なにかの記念になるなら、喜んでサインくらいするよ」

と友人は言った。

「高知へ帰るんだって。こんな素敵な人が」

「生まれて育ったところですもの。あそこへ帰るのか、うれしいな、という気持ちが日増しに強くなってきます」

「それは、いい」

「なによりだ」

「地元の信用金庫に勤める。東京で簿記の学校を出てる。まだ二十代だよな」

「あともう少しだけ」

「お母さんは農協の職員。母と娘。播磨屋橋を何度も渡るんだ」

「そうね」

「お父さんはいない。ひとり娘。きわめて基本的だね」

「いいのかい、高知へ帰しても」

と友人は言い、次のように続けた。

「引き留めて結婚する、という選択肢はなくもないはずだ。彼は独身で一軒家に住んでいる。ここから歩いて七、八分だっけ」

「話をしながらゆっくり歩いて、十二分」

「転がり込めばいいんだよ。転がり込むとは、言いかたは悪いけど」

と彼女に言って僕に顔を向け、

「俺も一軒家なんだよ。おなじく独身で。両親は俺が神戸にいるあいだに、三鷹に引っ越したから」

彼女に視線を戻した彼は、彼女をじっと見た。そして言った。

「地元の信金には定年まで勤めるといいよ。東京にいるよりも、そのほうがいいか」

「そのほうがいい、と言ってるよ」

「困ったわね」

「きみでも困ることがあるのか」

「ありますよ」

「それは男物のシャツだろう」

と、彼女が着ている白い長袖のシャツを、友人は指さした。

「そうよ」

と彼女は答えた。

「こういうのが好きだから。薄くてひらひらした服は、好みではないのよ」

「よく似合っている」

僕は自分が締めていた黒いニットのタイを首からはずした。そして、

「これを締めてごらん」

と彼女に差し出した。

受け取った彼女がそのタイを男物のシャツの襟に締めるのを、僕と友人は見守った。彼女の白い指は美しく的確に動いた。タイを締め終わった彼女に、僕と友人は驚いた。

「よく似合う」

と、僕の友人は叫ぶように言った。よく似合うとはどういうことかを、彼は説明した。

「一変するんだよ。まったく別の人になるのではなく、その黒いニットのタイ一本を締めたことにより、きみの本質があらわになる。外交的な、ぱっと明るい美人だけど、その底にあ

る地が出て来る。それは本来のきみだよ。いつもはなんとなく隠されている、ほんとの自分だ。そしてそれは、とても良い。着実。質実剛健。真面目。継続」

と友人は言い、

「親孝行する人の顔だ」

とつけ加え、僕と彼女は笑った。

「そのタイはきみにあげるよ」

と僕は言った。

「ぜひ、もらっとくといい。不思議な似合いかただ。ここ、と言うときに締めればいいのではないか」

「それは、どんなときかしら」

「四国の高知か」

「黒いニットのタイ」

「幅は五センチくらいか」

「五センチだね」

「今日はこのまま締めてます」

と彼女は静かな笑顔で言った。

友人はウィスキーを飲み、手のなかのグラスを回転させ、なかの氷とウィスキーを観察し、次のように言った。

「いま俺たちがいるこういうバーは、もう終わりなのかな。時代的に。帰り道に寄るところとしては、たいへんいいけれど」

「どうぞ、寄ってあげて」

と、彼女はカウンターとそのなかの女性を片手で示した。そして僕に顔を向け、

「あのレコード、とても良かったのよ」

と言った。

「もう何度も聴いてます」

「なんだい、レコードのことなら、教えてくれよ」

と友人は言った。

「クリーデンス・クリアウォーター・リヴァイヴァル」

と僕が言った。

「一九六八年の『スージーQ』あれがデビューだよね。よく覚えてる。いまはこれです、とレコード店で言われて、買って帰って聴いたら驚いた。それまでの時代と、まったく違うんだもの。七インチ・シングルでヒットが続いたよね」

「次の年の『プラウド・メアリー』が三枚目かな。同じ年に『バッド・ムーン・ライジング』があって、これが四枚目だ」

「そこまでは聴いてる。いまきみが言った、あのレコードとはなになのか、教えてくれないか」

彼女に対する友人の質問に、僕が次のように答えた。

「一九七〇年の『トラヴェリン・バンド』で、七インチでは七枚目だ。五枚目のＬＰに入ってる。一九七一年の『雨を見たかい』が十枚目のシングルだ」

「去年だよね。と言うことは、俺は一九七〇年から、聴いてないんだ。ちょうど符合してるな。こうして、ずれたり、はずれたりしていくんだ」

「あの曲は、もう何度聴いたかわからないほどよ。後押ししてくれるのね」

と、彼女は僕に言った。

「レコードはすでに高知に送ってあります。高知で聴いたらどんなふうに聴こえるのか、楽しみなのよ」

「俺もさっそく買う」

「一九六八年の七月からクリーデンス・クリアウォーター・リヴァイヴァルと名乗ったけれど、スタートは一九五九年のブルー・ヴェルヴェッツからだから、活動歴は長い」

「もう一軒、お店があるわね。いつだか連れていってくれたお店。建物の端に階段があって、上がっていくと二階ぜんたいがバーになっているお店」

「あの店にも、寄れるよ」

と僕は言った。

「近いのか」
「駅を抜けて北口へ出て、すぐだよ」
「教えておいてくれ」
「ここのあと、寄っていこう」

クリーデンス・クリアウォーター・リバイバル
スージー・Q
1968年（LPレコード）

クリーデンス・クリアウォーター・リバイバル
スージー・Q
1968年（ドーナツ盤）

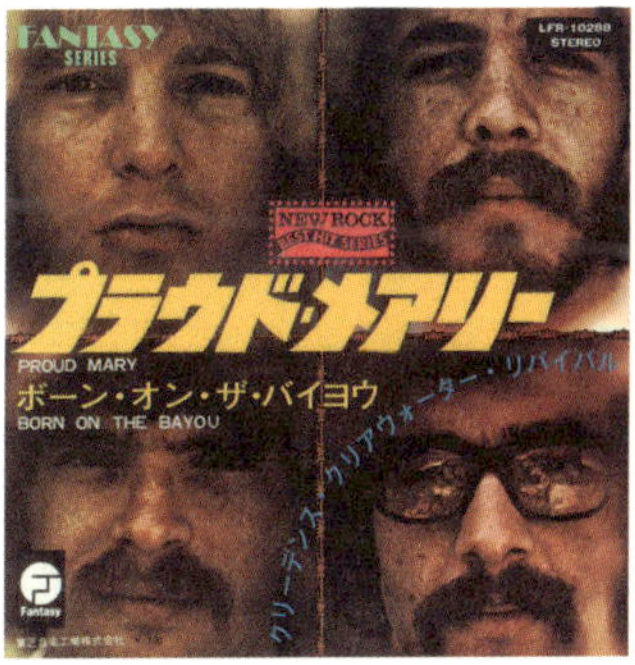

クリーデンス・クリアウォーター・リバイバル
プラウド・メアリー
1969年

クリーデンス・クリアウォーター・リバイバル
バッド・ムーン・ライジング
1969年

クリーデンス・クリアウォーター・リバイバル
トラベリン・バンド
1970年

クリーデンス・クリアウォーター・リバイバル
雨を見たかい
1971年

1973

部屋を暗くし、目を閉じ、自分は動詞になる

店には客が三組いた。三組とも男女のふたり連れだった。カウンターのなかで彼女がコーヒーを淹れていた。そのカウンターの左端に近い席に僕はすわった。

「いまお友だちから電話があったのよ」

と彼女は言った。ほどよく艶のある明晰な声はいつものとおりだった。

「少し遅れるのですって。出るときに電話をするから、待っていてくれないか、ということだったわ」

「待ちます」

と僕は答えた。そして、

「僕にもコーヒーをください」

と言った。

淹れていたふたつのコーヒーが出来た。カウンターのまんなかに置き、カウンターから外へ出て来てふたつのコーヒーをトレイに載せ、いちばん奥のテーブルにいるふたり連れのところへ持っていった。

カウンターのなかに戻った彼女は僕の前に立った。

「待ってるあいだ、話でもしててくれ、とお友だちはおっしゃったのよ。どんな話をしましょうか」

音楽が静かに聴こえていた。子供の頃から何度も聞いたことのある曲を、オーケストラが真面目に演奏していた。小学唱歌ではないか、と僕は思った。題名は思い浮かばなかった。

「何度も聴いた曲です」

と、十歳年上の彼女に言った。

「私もよ。聴くだけではなく、歌いもしたから、どの歌の歌詞も体にしみ込んでます」

僕のコーヒーを淹れる準備をしながら、彼女は語った。

「だからお店では演奏のレコードだけを聴くことにしてるの。お客さんもそのほうが邪魔にならないでしょう」

「二週間前にここへ来たときも小学唱歌で、ピアノとチェロの二重奏でしたね」

僕の言葉に彼女は淡い笑顔でうなずいた。

「自宅ではいろんなレコードを聴くのよ。部屋を暗くして目を閉じて」

「どんなのを聴くのですか」

「ジュリー・ロンドンの歌で『フライ・ミー・トゥ・ザ・ムーン』」

と彼女は言った。

「Fの音にIの音が重なってひとつになる瞬間にyの音のなかに溶け込んで、これが動詞なのよ。その動詞が働きかける対象であるmeへとそれは直接につながり、これだけで、私を飛ばせて連れてって、という意味になるのね。どこへ連れていくのかというと、そこはto the moonで、それはお月様なのね。私を月まで飛ばせて、という意味のひとつながり。この音の冒頭に、Flyという動詞ひとつがあって、それがなにに働きかけてなにをどうするのかが言いあらわされる簡潔さには、一分の隙もなく、余計なものや曖昧なものが入り込む余地はまったくないのね」

コーヒーを彼女は僕の前に静かに置いてくれた。ここで僕と待ち合わせの約束をしているのは、大学の先輩で編集者をしている男性だ。いま僕の目の前にいる彼女に関して、かつて彼が語ったことを僕は思い出した。

「短歌の人なんだよ。その名はかなり知られている。個人的な気持ちが何層にも重なっているところを、深くさらに深く掘っていくと、生き身の体があってそれは女の体だ、という歌だね。どきっとする、生々しい、という評価は常だし、嫌だ、という意見もある。女の体があると言ったって、ただの女の体よ、なにを怯えるの、なにから逃げたいの、直視しなさいよ、という歌でもある」

この店は喫茶店だ。夜は酒も出す。だから夜のカウンターはバーだ。二本の私鉄が交差する、高低差のある町だ。終電の一時間前には、その町は一日を終える。知人に頼まれて引き継いだ店だという。歩いて十二、三分のところに彼女は住んでいる。

「あれだけの美人で、ひとり暮らしだそうだ。印象がすっきりしてるよな。淀んだものはまったく感じさせないし、くすんだところもない。しかし、怖い、と評する男がたまにいる。きみの年上の恋人に、どうだ」

と言って先輩は笑っていた。

僕がコーヒーを飲み終える頃、電話が鳴った。カウンターの向こうの端で彼女がその電話に応対した。電話を終えて僕の前へ戻った彼女は、

「お友だちは、いま編集部をお出になるそうよ」

と言った。

ジュリー・ロンドン
フライ・ミー・トゥ・ザ・ムーン
1963年

ジュリー・ロンドン
フライ・ミー・トゥ・ザ・ムーン
1964年（LPレコード）

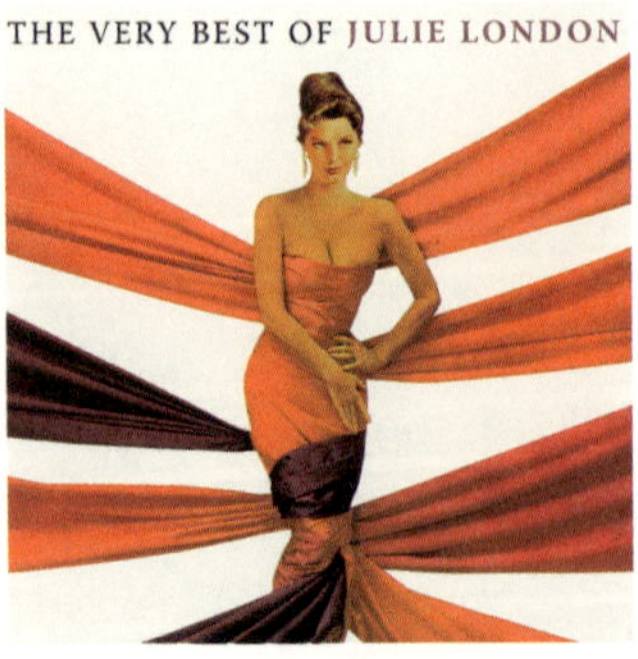

ジュリー・ロンドン
フライ・ミー・トゥ・ザ・ムーン
（『THE VERY BEST OF JULIE LONDON』に収録）

その歌をもっとも淡泊に歌った彼女が傘を僕に差し出した

横幅も奥行きもないその雑居ビルにとって、螺旋階段は建物ぜんたいにとっての装飾として、建物のなかば外に取り付けてあった。非常階段でもあるのだろう。その螺旋階段を五階から一階まで僕は降りた。降りたところは、歩道のない裏通りに面したその雑居ビルの、入口だった。

さて、どうしたものか、と僕は思った。夜の歌舞伎町の裏通りに九月なかばの雨が降っていた。奥のエレヴェーターを降りたのだろう、ホステスがひとり、僕の背後から足早に歩いて来て、歩調を変えないままに傘を開き、雨のなかへと出ていった。裏通りを彼女は歩み去った。

地下鉄への入口がどのあたりにあったか、僕は思い出そうとした。ここからおもての靖国通りまで、雨のなかを早足でいくほかないのか。エレヴェーターのドアの開く気配があった。女性の足音が僕に向けて接近し、入口で僕とならんだところで、彼女は立ちどまった。夜の雨を見た視線を僕に向け、

「あら」

と言った。彼女の淡い微笑を僕は見た。

「私は西武新宿線に乗るのよ」

と彼女は言い、赤い傘を開き、僕に向けてなかば差し出し、

「どうぞ」

と言った。

「僕が持ちます」

と言って僕はその傘を持った。

赤い傘の下で肩を寄せるようにして、僕たちは裏通りから靖国通りへ出た。

「地下鉄の入口まで」

と僕は言い、

「地下鉄にお乗りになるの？」

と彼女は訊いた。

「地下をずっと歩いて小田急線まで」

「私は中井というところなの」

「近くていいですね」

と言って、僕は気づいた。彼女は、螺旋階段を降りて来る前の僕がいたクラブのホステスだ。友人たちふたりに誘われて入った店だ。友人たちはまだその店にいた。

雨のなかを歩いている人の数は多かった。したがって多くの傘が歩道を埋めていた。靖国通りには地下鉄への入口の階段があった。

「ここで僕は地下へもぐります」

と僕は言い、階段の脇に立ちどまり、傘を彼女に差し出した。受け取って美しく微笑し、

「おやすみなさい」

と彼女は言った。

地下通路への階段を降りながら、僕はさらに思い出した。あの五階のクラブに僕が二時間近くいたあいだに、三人のホステスがエコー・マイクで『なみだ恋』を歌った。僕を傘の下に入れてくれたのは、その三人のうちのひとりで、その歌をもっとも淡白に歌った人が、彼女だった。

八代亜紀
なみだ恋
1973 年

あとがき

共同作業で一冊の本を作ろう、という地平に僕と篠原恒木さんが立ったのは、２０１４年の夏の初めだった。それはどのような内容の本なのか。「小説を含めて、考えましょう」という篠原さんの第一声は、僕にとっては明らかに救いだった。なぜなら、小説でもいいなら、と僕は考え始めることが出来たからだ。短いストーリーをいくつも重ねていき、どのストーリーの主人公もおなじ「僕」であるなら、それは「僕」という人の物語になるのではないか。

暑い夏の頂点、カフェのコーヒーの向こうから、「手がかりとなるなにか具体的な材料はありますか」と篠原さんは僕に質問した。返答に窮していた僕に、篠原さんの言葉が届いた。「たとえば今回のように、広辞苑の初版とか、１９５０年のアメリカ映画『拳銃魔』のＤＶＤのように」

今回とは、無人島に持っていく本、映画、レコード、という本を篠原さんはアンソロジーとして作ったばかりで、そのなかに僕も参加していたことを意味する。いろんな人たちが、持っていく本はこれ、映画ならこれ、などと楽しい意見を発表した。僕は本と映画は選ぶことが出来たが、音楽は『無人島に持っていくＬＰ』という架空の作品で切り抜けた。

「レコードはどうですか」と篠原さんは言った。どうですかとは、具体的な手がかりとして使えそうですか、というような意味だ。LPも7インチも手もとにたくさんあった。それらを証拠物件のように使って、短いストーリーのそれぞれになんらかの音楽がともなうなら、ある一定の期間を設定して、その期間のなかでの「僕」の物語を、まともに能力のある書き手なら、作り得るのではないか。このあたりまで意見の一致を見たのは、夏も終わりへと向かう日々のなかの、ある日の夕方のことだった。カフェから歩いて五分のイタリー料理の店で、桃とゴルゴンゾーラのサラダを、僕と篠原さんはフォークで食べていた。

「音楽は使えますよ。再生される音楽ですね。LPや7インチから。どの曲や歌にも、その時、という背景があります。発売されたそのとき、あるいは、街のあちこちの喫茶店で盛んに再生されていた時期、という背景がはりついています」

「時代をきめればいいのか」と僕は言った。これに対して篠原さんは次のように言った。「背景となっている時代をきめれば、それぞれの音楽にともなうそれぞれのストーリーが、浮かび上がって来ませんか」この篠原さんの言葉には閃くものがあった。しかし僕はどちらかと言えば奥手だから、そのときのその閃きは、漠然とした閃きにとどまった。

次に僕たちが会ったのは、長く続いた暑い残暑のなかの一日だった。ヒット曲の分厚いリストを篠原さんは僕に手渡した。「1958年から1978年までの二十年間です。どの年にも百曲ほどあります。手がかりだけを資料としてまとめると、こうなるのです。このなかから曲や歌を選んでは、ストーリーをつけてください。ご自分のストーリーを」という最後のひと言によって、前回の僕が漠然と手にした閃きは、はっきりとしたかたちを得た。１９７４年から僕は小説を書き始めた。それ以前はフリーランスのライターで、それは１９６０年から始まった。１９６０年から１９７３年まで、「僕」がフリーランスのライターとして勤労した日々には、いちいち思い出すまでもなく、その時代の音楽がかならず聞こえていた。

ここにあるこの本の基本的な方向は、このようにして見つかった。短いストーリーをいくつか、僕は書いてみた。背後に聞こえていた音楽をＬＰや七インチのなかから探し出した。たいていのものは自分のところにあったが、一例としてアーサー・フィードラーが指揮していた頃のボストン・ポップスによる『ペルシアの市場』はなかった。レコード店へいくと、驚いたことに、７インチ盤があるではないか。

半世紀の時を越えて、７インチ盤は健在だ。単なる在庫として過ごした時間がいかに長くとも、在庫という状態はいつの日かの流通を前提にしている。そのような前提が成り立つほどに、レコードは安定したメディアムである、ということだ。

２０１５年の春から、短いストーリーをひとつ、またひとつと書いていき、夏を過ぎた頃には予定の半分以上を、すでに書き終えていた。11月なかばが最終的な締切りとして設定された。篠原さんの巧みな牽引によって、締切りの一週間前には、書くべき予定だったすべての原稿を、僕は書き終えていた。
どのストーリーにも、そのなかに登場する音楽を、当時のレコードのスリーヴを再現させて添える、というアイディアは篠原さんのものだ。僕としては、原稿の仕上がりをふた月ほども遅らせればよかったか、といまふと思う。ふた月遅れていれば、優秀な編集者とその書き手の、楽しいやりとりは、いま頃はかならずや佳境を迎えていたはずだから。

片岡義男

2015年11月なかば

初出一覧

一月一日の午後、彼女はヴェランダの洗濯物を取り込んだ
『フリー&イージー』2015年10月号（加筆）

「の」と「Over」の迷路に少年はさまよい込んだ
『フリー&イージー』2015年11月号

ひょっとして僕は、甘く見られているだろうか
『フリー&イージー』2015年7月号（加筆）

雨の降りかたには、日本語だと二種類しかないんだ
『フリー&イージー』2015年9月号（加筆）

ビートルズの来日記者会見の日、僕は神保町で原稿を書いていた
『中央公論』2015年7月号（加筆）

読まれてこそ詩になるのよ
『日本経済新聞』2015年3月1日朝刊（加筆）

今日のコーヒーは、ひときわ苦いな
『フリー&イージー』2015年12月号（加筆）

フィルモアの奇蹟はさておき、エアプレーンもトラフィックの一手段だ
『フリー&イージー』2015年8月号（加筆）

上記を除き、本作品は書き下ろしです。

装画・装丁　　永利彩乃

本文デザイン　土屋正人
撮影　　　　　岡田こずえ

片岡義男 (かたおか・よしお)

1940年東京都生まれ。作家、写真家、翻訳家。早稲田大学在学中の1960年からコラムの執筆、翻訳を始める。大学卒業後、3カ月の会社員生活を経て、フリーランスのライターへ。1974年に『白い波の荒野へ』で作家としてデビュー。著書に『スローなブギにしてくれ』『ロンサム・カウボーイ』『日本語の外へ』『洋食屋から歩いて5分』『歌謡曲が聴こえる』など多数。近著に『ミッキーは谷中で六時三十分』『たぶん、おそらく、きっとね』『去年の夏、ぼくが学んだこと』『この冬の私はあの蜜柑だ』など。

コーヒーにドーナツ盤《ばん》、黒《くろ》いニットのタイ。

2016年2月20日　初版1刷発行

著　者　片岡義男《かたおかよしお》

発行者　平山 宏

発行所　株式会社 光文社

〒112-8011　東京都文京区音羽1—16—6

電話　編集部…………03-5395-8223

書籍販売部……03-5395-8116

業務部…………03-5395-8125

URL　光文社　http://www.kobunsha.com/

印刷所　大日本印刷株式会社

製本所　ナショナル製本

落丁・乱丁本は業務部へご連絡くだされば、お取り替えいたします。

ISBN978-4-334-91082-2　JASRAC 出1514900－501